Kadokawa Fantastic Novels
綾里惠史
Keishi Ayasato
鵜飼沙樹
illust.Saki Ukai
異世界拷問姫 3

「您就是『拷問姬』嗎？
首先向您致謝，
感謝您不辭辛苦接受召集。」

伊莎貝拉 Izabella

「伊莉莎白。」

「幹嘛？」

「這裡的小菜是冷的，粥也變難吃了，不過啊……」

「嗯。」

「再次回到小雛身邊後，
我們來吃熱熱的美味飯菜吧。」
櫂人刻意如此說道。
然而，沒有回應。

「你看看這邊。」
櫂人被如此呼喚後，反射性將臉轉向她。

「你沒有殺害敵人以外的人，沒有殺害人民。你還沒有罪。
無辜之人光是存在就得受罰是不公平的喔。
這場戰役結束後，你就回城堡，
然後帶著小雛逃走吧。
現在的你應該擁有能不被抓到的力量。」

晴天，氣溫低，與惡魔戰鬥了很多場。

小雛沉眠時，余打算代替她寫日記。
自從帝都遭受肉塊侵略，今天也是有一大群敵人亂竄。
數量雖多，不過侍從兵根本不是問題。
然而多成這樣，就算是余也想罵一句「臭傢伙」。
與「皇帝」訂下契約後，櫂人那個呆子
變成戰力，但這件事也讓余感到非常不悅。
惡魔之力不是普通人應該運用自如的東西。
呃，讓小雛操心是要怎樣啊？
今天余跟櫂人也攜手華麗地
打倒惡魔，狠狠修理了那些傢伙喔！
無需任何不安，放心吧！

所以小雛，快點清醒吧。
櫂人會很有精神地回到妳身邊喔。

今日餐點⋯⋯⋯⋯⋯⋯⋯從酒館弄來的各種小菜，像粥的東西。
余的反應⋯⋯⋯⋯⋯⋯⋯小雛的料理比這些好吃太多嘍！
今天的櫂人⋯⋯⋯⋯⋯被民眾跟聖騎士當成可疑人物。
（真的需要這項目嗎？）這是自作自受。
今天的櫂人2 ⋯⋯⋯⋯今天也是愚蠢的好好先生。
（余說真的需要這項目嗎？）

余跟櫂人都在祈禱妳清醒過來。

異世界拷問姫

fremdtorturchen

3

綾里惠史
Keishi Ayasato
鵜飼沙樹
illust.Saki Ukai

Kadokawa Fantastic Novels

fremd torturchen contents

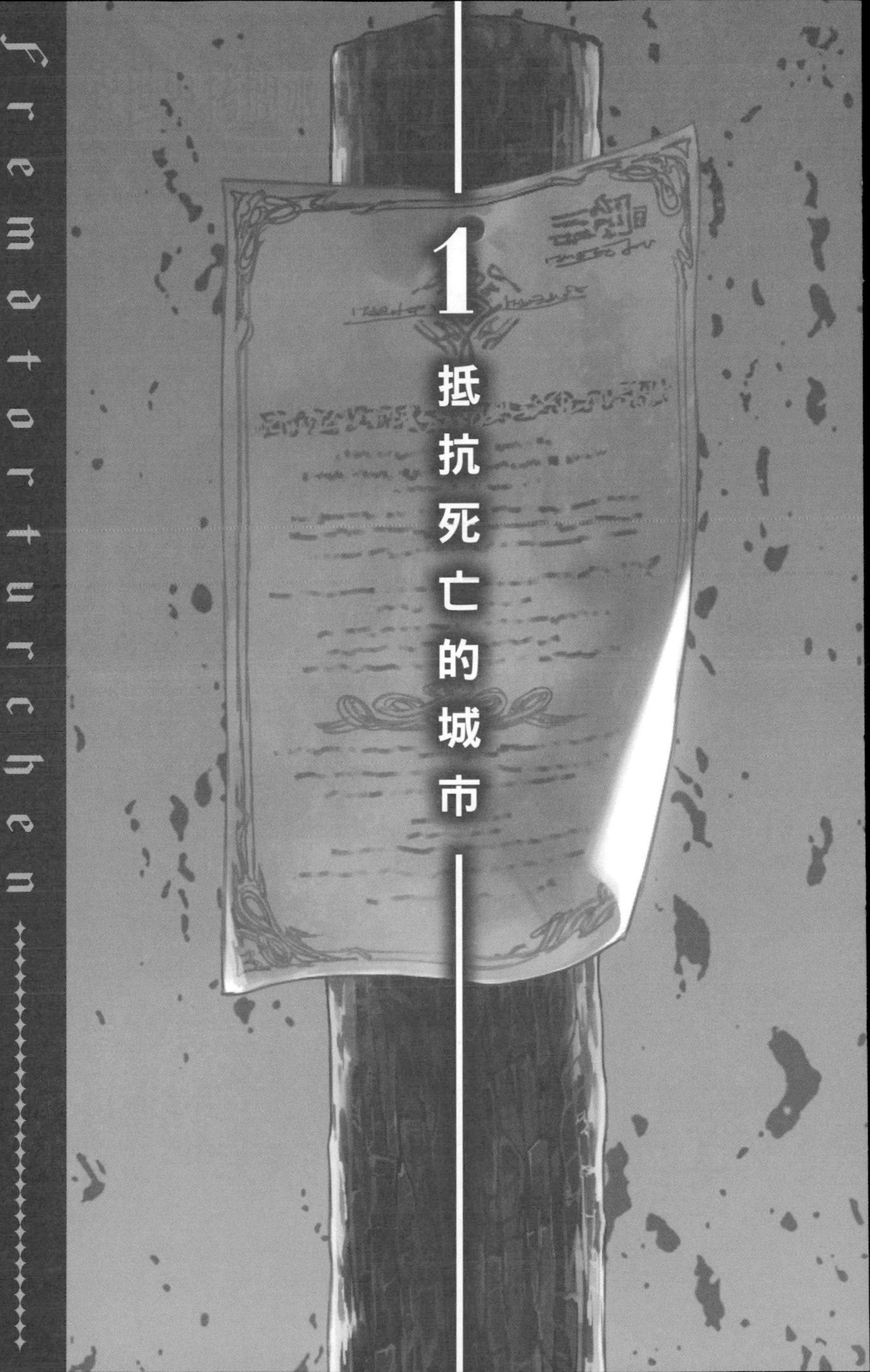
1
抵抗死亡的城市
fremdorturchen

人被貪心地吞噬，家畜被咬齧，建築物被咀嚼。

王都「正在被吃」。

在這個場所上演著只能用這種方式形容的既單純又殘酷的行為。

在某個晴天的午後，陰暗的商業區突然出現肉塊，而且爆炸性增殖，破壞許多建築物，吞噬人民。在那之後，擁有總人口三分之一、身為經濟與國政中心的王都就被至今仍持續膨脹——雖然速度變緩——的腐肉塊蹂躪著。

勉強逃過第一波增殖的人們拚命避難，卻還是有慢半拍的人們陸續被吞進肉浪之中。

老人拄著枴杖拚死抵抗，卻也只是徒勞無功，從發抖的腳尖被吞食；綁在屋簷前方的狗狂吠著，被肉塊皺折壓扁；無法行動的病人連同睡床一起被肉海吞沒。

對他們來說，雪上加霜的是這個肉塊「有生命」。

也就是說，被吃掉的人們會以某種形式「被使用」，或是「被排出」。

大部分犧牲者都在仍然活著的情況下「被用來」當成肉塊的一部分。

人與獸；魚與蟲——被無差別地納入體內的所有生物——臉龐有如低級雕刻般被裝飾在肉塊的表面上，不斷吐出駭人咆哮聲。

喔喔喔喔喔喔喔喔喔，喔喔喔喔喔喔喔喔喔喔，喔喔喔喔喔喔喔喔喔喔喔喔喔。

那是對平安無事的人們發出的強烈怨嘆聲。

免於「被使用」的人們也有嚴苛的命運等著他們。他們被強制性地扭曲全身，以侍從兵之姿「被排出」。侍從兵們被排出肉塊，然後被吞食，接著又被排出——一邊重複融合與分裂——一邊捕捉平安無事的人們。

原本曾是人類的存在狩獵人類。

在毫無慈悲也沒有救贖的狀況下，人們被迫領悟到一個事實。

這正是惡魔的所作所為，軟弱無力的人類毫無辦法抵禦。

即使如此，為了活下去，人們還是只能繼續絕望地逃跑。

在王都一角也進行著這種豁上性命的戰鬥，多數居民在寬敞的道路上逃跑。然而，帶著許多小孩的一行人卻被一群侍從兵追上了。看似蟲子的其中一具揮出鐮狀手臂，有好幾個人的腳被斬斷了。逃跑的手段慘遭剝奪，那些人被殘酷地拖向肉塊那邊。絕望的慘叫聲響起，然而就在此時，與現場氛圍毫不相稱的冷靜低喃疊上了慘叫聲。

「『重現串刺荒野（Impaled Victim）』。」

那是強而有力的美麗嗓音。

咚咚咚咚咚咚咚咚咚咚咚咚咚咚咚咚咚咚咚咚咚咚咚咚咚咚咚咚！

足以抹消怨恨咆哮的噪音與塵土同時爆出，超過數百根鐵樁刺穿眾侍從兵，血雨殘忍地敲擊路面。

在數秒鐘的痙攣過後，處於蹂躪者立場的存在輕易地全滅了。

人們因為突如其來的發展而顫慄，一邊怯生生地抬起臉龐。

「——聖女……大人？」

某人茫然地低喃。

一名女孩站在他們的視線前方。

那是一名身穿煽情束縛風洋裝的美少女。她有如救世主——或是有如暴君——內側染成緋紅色的腰際裝飾布以及烏黑柔亮的秀髮翻飛。

她的胸口被皮帶遮掩，但上半身仍接近全裸。充滿性意味的服裝與民眾信仰的「受難聖女」之物相差甚遠，然而出現在地獄裡的身影看起來卻是神聖又美麗，甚至讓人不由得稱她為聖女。

不過，民眾有如求救般的稱讚聲卻讓那個女孩不悅地瞇起眼睛。

「誰——是聖女，誰是啊？別用那種令人作嘔的稱呼喔！」

她揮了揮手，就像發出噓聲趕走狗兒似的。

女孩毫不在意地從人們身上移開視線。她重新面向猛然逼近的侍從兵們，覺得很煩地咂了嘴。

「嘖，又過來了嗎？居然被強制弄成醜陋又扭曲的存在……你們也真可悲啊。至少讓余盡份心力，又快又俐落地殺掉你們吧。」

女孩將白皙手臂伸向天空，在那前方捲起黑暗與紅色花瓣的漩渦。她毫無遲疑地將手伸進漩渦中心。

一把長劍被流暢地抽出。

「弗蘭肯塔爾斬首用劍（Executioner's Sword of Frankenthal）！」

女孩高聲喊出劍名，刻劃在紅色刀身上的文字同時發光。

其意義強制灌入見者的腦中。

『從事此等行為之際，就讓妳自由行動吧。願神成為妳的救世主。不論是起始或是過程跟終結，均在神的掌握之中。』

「『千之釘槍（Nail Gun）』！」

喀喀喀喀喀喀喀喀！

她揮下劍後，黑暗與紅色花瓣以螺旋狀奔出。從那邊出現生鏽釘子，一一貫穿侍從兵。

鎖鍊如蛇一般在縫隙間穿梭，狠狠掃倒逃跑者的身體。

人們發出歡呼，然而女孩卻回頭望向他們，冷冰冰地撂下話語：

「為何停步，你們這群愚蠢之徒。弱者唯一能做到的就是難看地逃竄。逃吧，別拜託余，別依靠余，別仰望余——你們以為余是何人？」

女孩單手扠腰，紅眸發出光輝，傲慢地報上名號。

「余之名為『拷問姬』伊莉莎白·雷·法紐，是高傲的狼，也是卑賤的母豬。」

王都是所有情報聚集之地，擁有教養的人也很多。拷問姬的逸聞流傳甚廣，因此少女自報名號後民眾都倒抽一口涼氣。沉重的沉默充斥現場。

某人小心翼翼地打算開口，就在此時——

嘰呀嘰呀嘰呀嘰呀嘰呀嘰呀！

刺耳怪聲劃破天空，新的侍從兵從天而降。

異形——臉龐有一半被眼球占據——大鴉用歪斜鉤爪抓住數人的背部。現場發出悲愴慘叫聲，不過那也只是一瞬間的事。

「——飛舞吧。」

冷靜的聲音與利刃同時在空中飛舞，眾侍從兵的身軀被斬成兩半，內臟之雨灑落在路面上。連得救的人們都不由自主地發出困惑的聲音。

「…………咦！什、什麼……！噫！」

女性免於大鴉利爪所害後，看到自己沾滿鮮血的手，屏住呼吸。

只有「拷問姬」一人能正確理解現場發生了什麼事。被激烈的混亂襲擊，人們開始紛紛連滾帶爬地逃跑。

就在此時，現場傳出軍靴的聲響。現場因緊張感而凍結。

一名青年身上以紅色絲線妝點的黑衣下襬翻飛，出現在現場。

纖瘦青年的左臂化為野獸之物。擁有淡茶色眼眸，將有著同樣色調的頭髮短短紮成一束的身影，看起來像是纏繞著異樣的冷酷。

人們用害怕的表情望向他。然而青年本人沒發現這個反應，用嚴肅眼神確認有沒有新的追擊。

他在此時細細地吐了一口氣放鬆氛圍，然後悠哉地搔搔頭。

「呼，好像勉強做到了呢……真是的，還是不夠穩定啊。要怎麼做才能更靈活自如地操控呢？」

青年口吐怨言，揮動指揮棒似的移動右手。剛才斬斷侍從兵身軀的利刃配合手掌的軌跡輕輕搖動，「拷問姬」用力拉了拉青年的黑衣下襬。

「欸，你啊，現在大家可是怕你怕得要死喔。」

青年瞪圓眼睛連忙回頭，環視人們的表情後發出困惑的聲音。

「咦，真的假的啊？我有什麼地方怪怪的嗎？」

「不只是怪怪的喔，感覺就像某個壞蛋角色登場呢。」

「咦咦咦……哎，雖然覺得好像也不能斷言自己不是壞角色就是了。我不是敵人喔。」

聽到這段對話後，人們總算是放鬆戒心。「是熟人嗎？」──他們用視線詢問伊莉莎白，她「嗯」的一聲點頭做出回應。

「放心吧，雖然左臂特別古怪，但這傢伙是余的隨從。名字叫什麼瀨名啦權人啦，或是瀨名權人之類的。」

「謝謝妳隨便到極點的介紹。不過，我們的事怎樣都行就是了啊。」

青年──瀨名權人──一邊轉動獸之左臂，一邊站到伊莉莎白旁邊。他跟她筆直地眺望著肉塊座落的方向。

大群侍從兵有如波浪再次從那兒逼近而來。

權人高舉右臂，伊莉莎白踩響高跟鞋。

「你們快逃吧。」

低聲囁語後，權人彈響手指。

「這邊交給『拷問姬』與『皇帝的契約者』處理。」

就這樣，他們以侍從兵為對手開始殺戮。

＊＊＊

瀨名權人曾受親生父親虐待，最後於十七歲又三個月時結束了他的人生。他迎接了悲哀殘酷又凄慘，宛如蟲子般無意義的死亡。然而權人的靈魂在死後被召喚至異世界，得到了第二次的人生。

這名召喚者正是「伊莉莎白・雷・法紐」，是受教會之命殺害與十四階級惡魔訂下契約的人們，而之後自身也會遭受處刑的大罪人。

與惡魔戰鬥之際，伊莉莎白中了「大王」的陷阱。為了拯救她，權人與惡魔中位階最高的「皇帝」締結契約，學會運用魔力的方法。而且他與自己的隨從同時也是新娘的機械人偶小雛共同奮戰，成功令伊莉莎白復活。權人等人雖然順利擊敗了「大王」，教會卻告訴他們出現了新危機。

據說王都遭受襲擊，有三分之一的居民被虐殺，身為教會最高司祭之一的哥多・德歐斯也遭到殺害。人類存續的重鎮幾乎陷入毀滅狀態，根據預料，這樣下去王都會全滅，包含聖騎士在內。

接獲這樣的通知後，權人進行的第一件事就是做布丁。

將砂糖溶到牛奶裡面，再加入蛋汁，在不打出泡泡的情況下攪拌過濾。櫂人接著將它倒進土鍋裡，然後開火蒸煮至適當的狀態。

接下來只要用冰精式冰箱好好冷藏就完成了。

「嗯，有材料總是幫了大忙呢。」

櫂人等待布丁冷卻，如此低喃。

在這個世界裡，如果沒從——擁有獨有的流通手段又具備冰精靈的——大型公會經營的商店購買，就很難穩定取得砂糖或新鮮雞蛋。不過多虧會口吐怨言卻還是提供協助的「肉販」，伊莉莎白的城堡裡總是備有足夠的數量。否則，櫂人就很難在這個世界重現布丁吧。

（嗯？該不會做不出布丁，我在異世界的知識跟經驗就派不上用場到了極點吧？不，習慣疼痛幫助頗大就是了啊。）

櫂人一邊苦思，一邊抓住經過充分冰鎮過的土鍋的把手。他注意不讓獸臂那邊不小心出太多力氣，輕盈地在走廊上快步走。

衝上螺旋樓梯後，櫂人打開餐廳的門。餐桌上鋪著厚重桌布，前方則是有著一整排的貓腳椅。

伊莉莎白坐在那兒，將罕見的美腿交疊在一起。不知是否察覺到櫂人了，她抬起看起來很無聊的臉龐，視線停留在土鍋上面。

下個瞬間，伊莉莎白用頭上彈出貓耳般的氣勢亮起眼睛。

「唔唔，完成了嗎！」

「嗯，做好嘍。」

櫂人如此說著舉起土鍋。伊莉莎白立刻抓住湯匙待命。這個反應還是一樣天真無邪，不過在不久前，這還是一幅或許再也看不到的光景。櫂人一邊暗自感到心安一邊端著土鍋，在伊莉莎白面前掀開鍋蓋。

鏘鏘──軟綿綿的巨大黃色塊狀物出現了。

伊莉莎白滿足地從鼻子發出噴氣聲。

「哼哼，你這小子，這看起來好像入口即化，感覺很不錯嘛。」

「來吧，按照約定，這就是布丁。我有說過要替妳做啊，大吃一頓吧。」

「唔，迫不及待了……等等，余跟你做過這種約定嗎？」

「不，這是我自己的事，嗯。」

櫂人從伊莉莎白的眼睛錯開視線。這究竟是怎麼一回事──她歪頭露出困惑表情。

這是櫂人跟「皇帝」訂下契約之前發生的事。他曾經對魔力流動受到「活祭品咒法（Sacrifice）」所阻而呈現昏睡狀態的她溫柔地低喃：

「妳會生氣吧。不過，我已經決定了喔，伊莉莎白……拜嘍，等妳清醒後，我再做布丁給妳吃啊。」

沒有回應。櫂人伸出手試圖觸碰她的臉頰，卻在快碰到時停下來，揮揮手離開寢室。

然後，他跟「皇帝」締結了契約。

伊莉莎白不曉得當時的事，櫂人也刻意不提。

伊莉莎白雖然因為他含糊其辭而露出疑惑的表情，卻還是面向布丁。她用銀湯匙撈起軟綿綿又入口即化的黃色物體後，張大嘴放進嘴裡。

「唔……舌頭的感觸很不錯啊……入口即化，味道又溫潤……軟呼呼的……真是惹人憐愛呢……唔唔唔唔唔！」

一整個土鍋的布丁分量十足，然而伊莉莎白還是一轉眼就吃光了。將土鍋清得一乾二淨後，她發出滿足的嘆息聲。

「嗯！真的很棒。就只有這個跟啟動小雛是你值得誇獎的地方啊。」

「我其餘的努力今天也被漂亮地無視了。」

伊莉莎白有如做日光浴的貓，喉嚨都要發出呼嚕聲那般感到開心，甚至讓人覺得可以在她頭上看見抽動搖晃的貓耳。

她用湯匙在土鍋底部刮了一會兒，不過似乎是放棄了。

她將銀湯匙放回桌上，「喀」一聲發出堅硬聲響。

她雙手環胸，表情漸漸緊繃。

「那麼，吾等只能休息到這裡嘍——事態不但惡劣至極，還很嚴重。」

到剛才為止的天真光輝已從那張臉龐消失，伊莉莎白帶著冰冷的武者表情揮揮手。她面前出現用魔法編織而成的棋盤與黑白棋子。

伊莉莎白從它上方拿走有著司祭造型的白棋。

教會的最高司祭之一哥多．德歐斯——他被惡魔殺害了。不只如此，那些邪惡的傢伙們如今依舊四處肆虐。

櫂人握緊拳頭發出低沉聲音。

「果然只能過去了嗎……要跟足以破壞王都三分之一的對手戰鬥嗎？」

「當然。余受教會之命要誅殺十四惡魔，而且畢竟余自己也是這樣決定的。余會殘虐傲慢有如狼一般高歌生命，最後被天地萬物捨棄，有如母豬般死去……自行顛覆這個命運是不被允許的行為。」

被櫂人如此詢問後，伊莉莎白斷言。拒絕他人介入、過分冰冷的聲音讓櫂人接不下話。在他面前，她又繼續拿掉數枚棋子。

伊莉莎白將身穿紅色洋裝的黑色女皇——「大王」——丟到棋盤外面。並列在棋盤上的只剩下有著扭曲造型的三只黑棋。

「剩下的就是『君主』、『大君主』以及『王』這三隻惡魔。不過一般來說，這三隻惡魔並不具備攻陷王都的力量。究竟是發生了什麼事……哎，雖然大致上可以猜想到，不過不管是猜中或沒猜中，等在那邊的都是地獄吧。」

「話說在前頭，我也要一起去喔。」

「隨便你——雖然余想這樣說，不過這回打從最初就算上你一份了喔，蠢貨。就算無心傷害他人，余也不能把『皇帝』的契約者丟著不管……聽好了，櫂人，就算余借你一份人情好了，你所為之事本來也是做做就得處以極刑的大罪。」

「……嗯嗯，我知道啊。」

「不，你不知道。就算知道，你也『不理解』喔。一旦站到黑暗面，人就再也無法回歸人類的身分了……你跨越了最後的那一條線。」

說到這裡，伊莉莎白深深嘆氣。她目不轉情地凝視櫂人的身影——特別是化為獸物的左臂——然後搖搖頭。

「你這個愚蠢的人。」

櫂人沒有回應。凝重的沉默在兩人之間流動了半晌，然而伊莉莎白再次嘆氣後，用有如要將椅子彈飛至後面的力道起身。

她有如貓兒拉長背脊，然後做出宣言。

「哎，現在也只能過去了！就算在這邊說一些有的沒的，到頭來必須一戰的現況仍是不會改變喔……不過，余擔心一件事。」

「嗯嗯，小雛的事啊。」

兩人像這樣朝彼此點頭。

伊莉莎白輕盈地搖曳黑髮邁開腳步，櫂人也跟在她身後。

從天窗撒落的光線在走廊上描繪出不祥圖形，兩人默默無語地在那邊前進。伊莉莎白打開——直到數小時前都還呈現昏睡狀態的她自己所使用的——寢室的門。

如今，小雛睡在那兒。

睡床上散布著藍色薔薇，纖細身軀就橫躺在那其中。

周圍的花是櫂人在伊莉莎白的建議下，為了幫助齒輪進行調整而做出來的東西。小雛在釋放溫柔魔力的蒼藍色包圍下深眠。

「……小雛……」

櫂人毫無迷惘地跪在她枕邊。他輕輕觸碰小雛的額頭，她沒有回應。直到一度變得亂七八糟的齒輪調整好為止，小雛都絕對不會清醒。

伊莉莎白牽起小雛那白皙手腳，迅速確認魔力流動與機械音後點點頭。

「齒輪調整得很順利，不過還要花一些時間才會結束啊。」

「問題就是在這段期間內要如何安置小雛呢。」

「唔，正是如此喔。在調整期間小雛絕對不會清醒。也就是說，她會處於無防備的狀態被放置於此。放置魔像守護她也是可以，但那些傢伙不知變通，還是殘留著不安啊……那麼，說到有什麼萬一能帶著小雛逃跑又能聯絡余的人選嘛——」

「呵…………就是我呢。」

「你還來得真巧啊，喂。」

沒錯，櫂人回頭望向寢室入口。

「肉販」以手指抵住額頭的帥氣姿勢站在那兒。

他被兜帽蓋住的眼瞳——雖然看不見，但恐怕是這樣沒錯——閃出光芒。

「兩位不在家時，就由我待在美麗的女傭殿下身邊吧。有事發生時，我會揹著她速速逃離喔。這樣如何呢？」

「雖然非常感激這個提議，不過這樣好嗎？你明明什麼好處都沒有耶。」

「呵，這話說得生分了啊。重要客戶面臨困境時，這點小事……順帶一提，我家保管庫使用的冰精靈，還有搬運貨物的魔像差不多也老舊了，像是這一類的事……喵！」

「這傢伙用嘴巴說出『喵』這個字耶。」

「明白了，之後跟余請款吧。你想要多少余都會送過去喔，如何？」

「嘿嘿嘿嘿嘿嘿嘿～～萬事都包在我這個『肉販』身上吧！」

「肉販」蹦蹦跳跳地彈來彈去，真的很厚臉皮。然而，受他幫忙的事實仍然沒有改變。

畢竟這座城堡曾數度遭到惡魔襲擊，如果是普通人，別說是留下來看家，就連靠近都是敬謝不敏吧。

「肉販」果然膽子相當大。

權人對搖晃腰部跳著喜悅之舞的他低下頭。

「……謝啦，『肉販』，幫大忙了。」

「唔唔～～！愚鈍的隨從大人居然正經地向我道謝！可惡，所以你是假貨啊，是哪來的傢伙！」

「我以前都沒有正常向你道謝過？」

權人瞇細眼睛。在他前方，「肉販」擺出怪鳥般的謎樣戰鬥姿勢。伊莉莎白無視他，雙手環胸堂堂做出宣言。

「好，這樣就沒有後顧之憂嘍！從現在起，余與權人要遵從教會的要求前往王都！『肉販』，接下來就交給你啦。」

「遵命，我明白了。」

「好回答——權人，不要留下遺憾喔。」

「嗯嗯……」

伊莉莎白如此忠告後，權人點點頭，靜靜凝視小雛的臉龐。他將手放到睡床上，輕輕地吻上她。

兩人脣瓣疊合，然後分開。

即使如此，沉睡的公主仍然沒有清醒。

櫂人對表示想當家人的女性溫柔地低喃：

「我去去就回喔，小雛。請妳一定要等我。然後，我們一定要再一起生活。」

櫂人起身，再次有如對待幼子般輕撫小雛的額頭後轉過身。

像軍服的黑衣下襬翻飛，櫂人毫無迷惘地邁開步伐，伊莉莎白也高亢地踩響高跟鞋，跟在他後面。

「我在這裡等待兩位平安歸來喔！祝武運昌隆！」

然後「肉販」揮著手目送兩人的背影離去。

在心愛的新郎離去的這段期間，銀髮新娘仍然沉眠著。

伊莉莎白與櫂人將小雛留在城堡裡，就這樣造訪死地。

＊＊＊

櫂人用利刃斬裂在天上飛翔的侍從兵。

伊莉莎白用鐵樁打穿在地上奔馳的侍從兵。

彼此信賴，只專心應付自身負責區域的動作就像華麗的武術表演。兩人在轉眼間結束殺戮，之後只剩下大量屍骸。

櫂人與伊莉莎白眺望眼前這條道路的前方——持續膨脹的肉塊坐鎮的方位——朝彼此點了頭。

「嗯，總之這樣看起來像是暫時告一段落了啊。」

「那就喘口氣吧，畢竟民眾也去避難了……呃，不是嗎，快點逃啊！」

「伊莉莎白，就算妳這樣講，肉塊可是突然從王都中心擴張的喔。光是能跑到這裡就已經幹得很不錯了吧。」

櫂人將手掌放上伊莉莎白的肩膀後，靠近大部分都癱坐在地的民眾。他來到附近的居民前方，用沉穩的聲音搭話，盡可能不嚇到對方。

「沒事吧？只要從這裡直行，就會有聖騎士設置的避難所。途中也會有人指引路線，請趕到那邊吧。」

櫂人如此催促先前被豬頭侍從兵追著跑的親子，卻沒有回應。定睛一看，大人們麻痺般佇立在原地。

真頭痛啊——櫂人如此心想，游移視線。

就在此時，緊緊抱住母親手臂的少女開了口。

「大哥哥……那隻手臂，是什麼？」

櫂人慌張地望向她。少女純真無邪的眼瞳映著獸化的左臂。

櫂人更加困擾地皺起雙眉，發出沉吟煩惱了一會兒後，顧左右而言他似的接著說：

「呃，這樣，不是……很帥氣嗎？這隻手臂很強喔。」

「嗯，看起來很強的樣子！雖然很恐怖，不過很帥氣！」

「嗯嗯……謝謝妳，我受到妳的鼓勵了呢……來吧，快趕路嘍！」

櫂人輕輕推了少女父母的手臂。被獸手碰觸，母親倏地一震全身發抖，庇護小孩似的後退數步。然而看到他的寂寞眼神後，母親猛然回神表情一變。

與丈夫一起迅速地低頭道謝後，她跑了起來。停下腳步的人們也跟在她身後。然而在趕往前方的群眾之中，忽然有一名老婆婆從那邊走了回來。

她目不轉睛地瞪著「拷問姬」，與人潮逆向大步走過來。

是打算幹嘛呢——伊莉莎白如此心想，瞇起眼睛。

「是對『拷問姬』有所怨恨的人嗎？」

這個推測大大落空了。來到伊莉莎白面前後，老婆婆扔開拐杖，搖搖晃晃地跪上石板鋪面。在感到愕然的櫂人他們面前，她深深垂下脖子。

由於過度吃驚，櫂人發出幾乎可說是他原本的嗓音。

「怎、怎麼了，老婆婆？」

「嗯嗯？這、這是怎樣！」

「非常感謝您……非常感謝您……非常感謝您。」

老婆婆一而再、再而三地道謝。伊莉莎白望著縮成一小團的背，搔搔臉頰。

「啥？唔、嗯，這種……還真是明義理的老婆婆呢……啊～～我會變得不對勁啦。」

「非常感謝您……感謝您。」

「蠢材，是要持續到什麼時候啊！已經夠了，夠了，快站起來！不用道謝了。」

「老婆婆，妳的心情我們已經很明白了。來吧，這裡很危險的。」

櫂人將手伸向老婆婆。在他的幫助下，老婆婆搖搖晃晃地起身。

伊莉莎白朝拄著拐杖邁開步伐的背影說著：「去！去！」冷淡地揮手趕人。

「速速離去吧！真是的，怪老太婆……喂，不要行禮，看前面啊！笨……地上有石頭吧。聽好了，老太婆啊，千萬小心別跌倒喔！」

態度雖然惡劣，說出的話倒是很溫暖。櫂人悄悄地放鬆表情。

在那瞬間，伊莉莎白立刻回頭望向他。

「唔，令人不悅的氣息！櫂人！你那表情是怎樣！明明只是隨從，居然如此囂張！」

「呃啊，用不著踢我吧！」

被準確釋出的回旋踢命中，櫂人抱住肚子如此抱怨。而且，伊莉莎白還發出貓一般的哈氣聲，更加火大。

「你才是，那種像在看小孩的表情是怎樣啊！真是的，瞧不起余！」

「才沒有咧！我是真心覺得溫馨！」

「這就是徹底瞧不起別人吧！」

櫂人控訴對方不講理的話語遭到駁回。伊莉莎白心情不悅，就這樣將下巴努向旁邊。

「看吧，在吾等講這種無聊話語之際，那傢伙回來嘍！」

她說完話，黑影也幾乎同時飛降至石板鋪面上。看似蝙蝠的兩片翅膀「啪沙啪沙」地敲擊空氣。然而，它們的擁有者卻不是鳥。

它們長在狗的背部。

最頂級獵犬——「皇帝」——拍打著翅膀飛舞而下。

他用以強韌肌肉打造的腳敲擊地面後，震動身軀。發出黏答答的聲音，翅膀漸漸被收進背部。

完全收好後，他用深處燃燒著地獄火焰的眼眸望向櫂人。

『吾回來啦，吾不肖的主人。【十七年來的痛苦累積】啊。』

「噢，辛苦你了。狀況如何？」

『在那之前，吾有一事得先告訴你。』

「什……什麼啊，你突然這樣好可怕喔。」

櫂人見「皇帝」猛然逼近至眼前，便向後跳開幾步。「皇帝」在他面前帶有威脅性地咬牙出聲。

『居然派吾去做偵察這種無聊工作。做出這等舉動，吾本來應該要咬殺你才對喔。你雖是吾主，但說到底也只是慢吞吞的肉塊，給吾知道自己有幾兩重！』

「說、說得真過分啊……沒必要這麼生氣吧！」

『哼，不過這次就原諒你吧。因為正如吾所料，從天空看下去的風景挺不賴的呢。愉快的是，這座王都正在被大腐肉吞食喔。開心吧，小鬼，你料中了。』

「皇帝」將頭轉向旁邊，用下巴示意堵在道路前方的肉塊。對淪落為醜陋姿態的同胞們嗤之以鼻後，他做出斷言。

『那是三具惡魔的融合體喔。刺在後頸的針也有三根，吾已經確認過了。』

「……果然如此嗎？是『大王』幹的好事啊。」

櫂人點點頭。刺在惡魔脖子上的針是——伊莉莎白殺害的「大王」生前擅長的——精神支配魔道具。有三根這種東西刺在那邊的事實，意味著侵犯王都的不是一具巨大的惡魔，而是剩下那些被「大王」扎針的惡魔——「君主」、「大君主」、「王」——的融合體。

『那個令人不悅的【大王】在比自己還要低階卻很難操控的高階惡魔身上插針，破壞自我讓他們呈現瀕死狀態，最後又把他們當成貨物搬到王都吧。畢竟區區三具人類占不了多少空間啊。』

「然後因為『大王』之死，針操控精神的效果消失了。」

『沒錯，已經崩壞的自我恢復原狀，力量失控……那些傢伙膨脹與惡魔融合的身軀，決定將王都拖下水……頂多就是這種程度的事吧，弗拉德啊？』

配合「皇帝」的提問，櫂人輕輕將魔力輸入口袋裡的石頭。流暢聲音有如等待已久似的響起。

『不愧是【皇帝】，第六感真準呢。』

魔力裝模作樣地在空中編織出弗拉德·雷·法紐的幻影。

那副模樣是附有領結的細絹襯衫搭配用銀絲繡出圖案的黑外套這種「與生前如出一轍」，怎麼看都像是貴族的風貌。披肩的烏黑秀髮搭配光彩紅眼的他——以與伊莉莎白極其相似的美貌——環視四周。

弗拉德在虛空中蹺起腿，優雅地低喃：

『正如你所推測吧，這就是【大王】設下的最後一道陷阱。是一個挺好懂的定時引爆裝置。惡魔們自我崩壞只剩下欲望，如今甚至使用納入體內的人類，化身為累積痛苦的裝置。這結果還挺有趣的啊。』

弗拉德愉快地笑了。

他指向肉塊，就像在告訴他人那是一場有趣的秀。

『雖然曾是同胞，不過比起有意識的時候，呈現失控狀態惡魔之力還比較強，這一點真是耐人尋味。或許這表示不受到人類的理性或意識影響，惡魔比較容易發揮【只是為了破壞世界】而存在的力量吧……對了，差不多可以適可而止了吧，伊莉莎白？』

弗拉德無奈地搖搖頭，那張臉龐被鐵樁貫穿，瞬間霧散。

櫂人將視線轉過去後，伊莉莎白總算是停止了——打從弗拉德出現後就一直持續的——惡整。她一臉嚴肅表情雙臂環胸，用滲出厭惡感的聲音撂下話。

「住嘴，弗拉德。你的聲音聽起來很刺耳喔。別忘了就算是此時此刻，余也想立刻廢棄寄宿著那個靈魂的石頭啊。」

『這番話講得真無情不是嗎？既然妳的隨從瀨名櫂人跟【皇帝】締結契約，讓我這個前任者活下來當顧問才是上策。沒錯，妳也明白吧？別對自己的選擇感到焦躁，喔喔！』

被數支鐵樁襲擊，他的全身搖晃模糊成有趣的形狀。

就算是弗拉德也露出了不悅表情，這個反應讓伊莉莎白發出哼笑。

「哈，給余做好覺悟。事情一旦結束，余就會再度殺掉你，毫不留情啊。」

『我明白，那就先做好覺悟吧。真悲哀啊，畢竟這副軀體連逃亡的手段都沒有呢。』

話雖如此，弗拉德反而沒有一絲一毫的悲愴感聳聳肩。然而或許是因為不想再被刺，他輕輕彈響手指消去身形，之後現場只剩下數片蒼藍花瓣。

伊莉莎白用力踩踏它們後，發出咂嘴聲。

「————嘖，令人不爽。」

「哎，這也沒辦法吧。要說那種言行舉止很像弗拉德嘛，是很有他的風格呢。」

「余——說——啊——為啥你像這樣事不關己呀！」

櫂人紮成一束的頭髮被伊莉莎白使勁抓住。她緊緊握住後，用力一拉。櫂人大叫一聲，揮動手腳反抗。

「痛痛痛痛！住手啦，伊莉莎白，會掉光！疼痛雖然不要緊，但我可不要禿頭！」

「囉嗦，給余變禿頭！禿掉吧！說起來，這一切不都是你自作主張害的嗎！居然跟【皇帝】締結契約，你這個世界第一的笨蛋！」

「真的會掉光！會掉光啦，快住手！」

「沒事，就算脫落也長得出來。」

「也有生髮的魔法嗎？好痛痛痛痛痛！」

「要說有嘛是有喔！不能選顏色就是了！」

「只有一部分是金髮很討厭吧！」

「比拷問好一些吧！已經說過無數次了，你幹下的可是值得動用異端審問的愚行喔。如此隨便對待自己，明明叫你要有自覺耶！哼……不過，哎，余就到此為止吧。畢竟現在甚至沒時間好好折磨你啊。」

或許是總算開心了，伊莉莎白放開手。櫂人淚眼汪汪地確認毛囊平安無事。在這段期間，伊莉莎白那雙紅眸盯著侵犯王都的肉塊。櫂人也學她。

「……好慘啊。」

「嗯嗯，正是如此喔。」

融合的三具惡魔至今仍然對街道與人們造成嚴重損害。

伊莉莎白一改先前的調調，發出緊迫的聲音。

「惡魔之力尋求痛苦。動作要快嘍，櫂人。令人感到不悅的是，那東西愈是放著不管就愈會聚集人類的痛苦增強力量吧……雖然麻煩，但有必要跟聖騎士會合啊。」

「嗯嗯，是呢。快趕路吧。」

櫂人簡短地點頭同意。然而，他有如某事感到迷惘似的緊咬脣瓣。

隔了一拍後，櫂人用沙啞的聲音——像在確認那個事實——接著說：

「這是最後一次討伐惡魔了。」

坐鎮在兩人前方的肉塊，是十四惡魔中的最後三具。

櫂人遙想打倒他們後等在後面的事情，握緊拳頭。

處死所有惡魔後，「拷問姬」將要接受火刑。

伊莉莎白·雷·法紐終於要爬完通往處刑台的階梯了。

＊＊＊

以複雜方式分支的街道大多數都會通往冠以——據說是侍奉聖女至最後一刻的——使徒之名的廣場。如今那邊似乎設置了臨時避難所。

櫂人從伊莉莎白背後小心翼翼地眺望廣場。

平時被視為人民休閒去處而感到親近，一到假日就會有許多攤販跟雜耍藝人在那邊熱鬧的場所已失去它平時的平穩風貌。

廣場被使用蔓草糾纏為設計理念的美麗鐵欄圍住，內側站了一整排的聖騎士。他們不但牢牢地關起門，還當起沉重的人牆。騎士們一邊讓刻著白百合紋章的白銀鎧甲發出光輝，一邊也負責維持覆蓋廣場的結界。

環視那些緊繃的臉龐後，櫂人發出滲出緊張氣息的聲音。

「……欸，我們可以靠近嗎？」

「畢竟吾等是惡魔契約者與『拷問姬』二人組嘛。對方是否會好好接納吾等，雖然感到不安，但這也是莫可奈何之事。」

沒錯——伊莉莎白聳聳肩。下定決心後，兩人接近廣場。

在那之前，門扉瞬間「喀啦喀啦」地開啟，從裡面衝出好幾支部隊。眾聖騎士勇猛果敢地在街道上奔馳，朝肉塊座落——同時也有許多侍從兵等在那兒——的方位前進。

援救部隊恐怕是為了來不及逃走的人民而以此地為據點，前往危險地帶吧。然而——櫂人反芻先前的光景。

（我們不過去的話，會有更多人類被肉塊納入內部……這種狀況實在很難說來得及救出人民呢。）

他們果然需要助力。櫂人鼓起幹勁，重新面向廣場。在這段期間，伊莉莎白也對堵住入口的聖騎士之一開口搭話。

「余是伊莉莎白・雷・法紐。教會求助於余，因此前來此處。」

「我是她的隨從，瀨名櫂人。請多指教。」

櫂人揮開緊張情緒，如此報上名字。然而對方卻用冰冷視線回應兩人的問候。

數秒鐘後，或許是去通報上級，聖騎士之一奔向廣場後方。其他人則是將劍尖抵住石板鋪面，就這樣繼續貫徹銅像般的沉默與靜止姿勢。

「呃，那個，我們是來幫助你們耶。」

櫂人重複訴說，卻沒有回應，其中甚至有人——雖然只有幾名——朝他們發出露骨的殺意。這種反應實在可說是冷淡至極。

就算是櫂人也皺起眉心，小聲地向伊莉莎白低喃。

「我確實沒期待會受到歡迎啊。就算這樣好了，我也沒想到會到這種程度耶。」

「這話說得還真是胡來啊，這也是沒辦法的事喔。」

「是嗎？沒想到妳這麼寬大啊。」

「因為這是自作自受呢——在『串刺荒野』那邊，余滅了騎士團五百人，將他們虐殺殲滅了。聖騎士是騎士團的上層組織，不過犧牲者之中也有很多他們的熟人吧，光是沒立刻拔劍相向就算是很有教養了。」

伊莉莎白用相同的音量回應。原來如此——櫂人點了頭。

以這個事實而論，聖騎士們的反應可說是很理所當然。

「那就沒辦法了呢。」

「嗯嗯，一點也沒錯。」

就算身受被虐者發出的殺意，施虐者也無法口出怨言。

（因為如同蟲子般被踩扁的人們通常是不會復活的啊。）

伊莉莎白．雷．法紐曾經堆出一座屍山。

眾聖騎士是屍體那一邊的人們。

像是要干擾櫂人的思緒似的，現場忽然響起清爽嗓音。

「您就是『拷問姬』嗎？首先向您致謝，感謝您不辭辛苦接受召集。」

門扉開啟，將聖騎士帶在左右兩旁的女性出現了。

她自己也是聖騎士吧。細劍般柔軔的軀體跟其他人一樣被白銀鎧甲覆蓋，然而肩膀上卻裝飾著以深藍色高級布料加上銀色刺繡製成的氣派斗篷，微微打著波浪的完美銀髮更添加了她的華美程度。

這個美女擁有藍色與紫色的雙眸，令人印象深刻。然而，那對眼瞳中果然也盈滿了冰冷光輝。

相較於其他聖騎士，她看起來年輕許多，身為女性這一點也很少見。不過比起這些事，另一件事更讓櫂人感到驚訝。

（這個，很厲害啊……就普通人類而論，她擁有相當程度的魔力量。）

與「皇帝」訂下契約後，櫂人測量魔力的眼力也受到了磨練。眼前這名女性的魔力量雖然遠不及「拷問姬」以及身為惡魔契約者的櫂人，卻還是遠遠凌駕在常人之上。

與伊莉莎白有如薔薇棘刺般銳利又不祥的感覺不同，這股魔力有著大海般的深邃與包容力。櫂人的眼睛用不同於自身知識的感覺看出她擁有治癒魔法、結界魔法，以及召喚魔法的才能。

（就算在聖騎士團內，這個人物看起來也是擁有相當程度的地位，不過就算當魔法師也會有一番成就吧……呃，嗯？我剛剛心裡想「普通人類」嗎？）

那種看法簡直像是認為自己是「怪物」。然而，會這樣也很正常。從異世界轉生至此又擁有野獸左臂的人，要繼續維持「自己只是普通人類」的自我認知畢竟是一件難事。

（即使如此，我也終於進入末期了啊。）

櫂人不由得露出望向遠方的眼神，臉上浮現自虐式的笑容。然而對眼前這名女性來說，似乎把這個笑容看成其他含意。

她立刻冷淡地瞇起眼，開口說：

「失禮了，我臉上沾了什麼東西嗎？」

「咦？抱歉，我只是在笑自己而已啦，別介意。」

「…………笑自己？在這個狀況下嗎？」

「啊～～余站在那邊的隨從是一個有許多怪異舉止的傢伙啊。搭理他只是浪費時間喔，妳就無視他吧……余正是『拷問姬』，伊莉莎白·雷·法紐。」

「再次歡迎您，不遠千里而來，辛苦了。」

「歡迎的場面話就免了吧。關於哥多·德歐斯之死，余已經接到聯絡了。這裡的指揮者是妳嗎？」

「不是我。與其說明，直接見上一面比較快吧。跟我來……一定會大吃一驚的。」

她說出謎樣宣言，同時豪奢斗篷翻飛。兩名隨從也跟在她身後。

櫂人與伊莉莎白面面相覷，並順從地從他們身後追了上去。

＊＊＊

石板鋪面上排列著無數簡易帳篷。

從旁邊經過時，櫂人探頭看了它的內部。

治療師拚命將痙攣的男人壓在台上，一邊試著用藥草術緩和痛苦。除此之外，也能看見以一級魔力量為傲的人們——平常應該是駐守在王宮吧——毫無保留地將魔法與藥草術運用在負傷者身上。

帳篷外排著長長的隊伍，似乎正在用轉移魔法移送病到不可能自行避難的重症患者與孩子們。排隊等待進入移動陣的行列兩旁雖有王國騎士固守，卻還是隱含一點小事就有可能引發瓦解的緊張感。

毫髮無傷的人與輕症患者似乎在聖騎士的呼籲下集結在一起。不過還是有很多因為精神過於錯亂而不斷大叫，或是眼神空洞地癱坐在原地不回應的人。

逃來此處的每個人都背負著沉重又絕望的黑影。

「……果然氣氛很緊張啊。」

「當然嘍，如果有人因為稍微遠離危機就寬心，那個人才是異常呢。」

伊莉莎白點頭同意櫂人的低喃。

不久後，兩人接近廣場中央。在那邊發現奇特的東西後，櫂人瞇起眼睛。

「……那是啥啊？」

「是聖女像，也不是什麼稀奇的東西。」

「呃，就算是這樣，為何它會在這種地方啊？」

流出血淚的聖女銅像被倒吊在那邊，頭上披著襤褸破布的使徒像跪在她面前。令人意外的是，他似乎是亞人。可以從布片邊緣窺見雕上鱗片也加上銳利鉤爪的腳。

使徒看起來像是在讚美聖女的受難，也像是為此深深嘆息。

就休閒場所的裝飾物來說，這是一幅會令人聯想到拷問的殺伐構圖。

「就廣場的裝飾來說，這樣有點低級吧？」

「是這樣沒錯，不過根據教會的傳承，人們如今的生活是建立在『受難聖女』的犧牲上。也就是說，這是顯示人類讓聖女背負罪孽的圖畫。人民必須時常將自身之罪放在心中，詠唱祈禱與感激之情，正確地生活下去才行。為了促進這一點，將它設置在平常就會用到的地方才是正確答案。跟殺雞儆猴很接近啊。」

「……原來如此啊。」

雖然覺得模模糊糊，櫂人仍接受了過分露骨，就某種意義而論甚至可說是冒瀆的說明。他將視線從銅像移至隔壁的帳篷。那兒有如避開聖女像似的，設置著比負傷者救護所還窄卻有深度的帳篷。

女聖騎士停下走向前方的腳。她高舉左臂，邀請兩人前往那邊。

「──這邊請。」

櫂人與伊莉莎白被鞏固警備的王國騎士充滿敵意的眼神注視，進入內部。同一時間，櫂人被耀眼光華灼燒視網膜而瞇起眼睛。

「……！」

「挺行的嘛，虧你們能收集到這麼多。」

伊莉莎白如此說道發出感嘆。定睛一看，整面牆壁都排列著已經發動的魔法通訊機械。文官們使用那些東西，拚命不斷聯絡遠方的對象進行交涉。

在緊迫聲與怒吼聲此起彼落的狀況下，女聖騎士再次呼喚兩人。

「還不要停下腳步，再往裡面走。」

被她如此催促，櫂人他們邁開步伐前進。

愈是前行，因熱氣而混濁的空氣就愈是冰冷。來到最深處後，耳中傳來的是纏繞著另一種沉重感，在靜寂中來回交錯的聲音。直接將石板擺上去當桌子的桌面上方攤著王都的配置圖。聖騎士們指著它，用認真表情跟彼此議論。

「拉・謬爾茲大人的砲擊……」

「許可要到隔天午後……」

「從角度與射程距離考量，就是墓地的山丘……」

「為確保安全所需要的人員……」

他們正在談論櫂人無法理解的內容。一名男子浮現在他們前方。看到莫名模糊不清的背影，櫂人懷疑起自己的眼睛。

（咦？為什麼人的背會這樣模糊不清啊？）

男人穿著雖然簡易卻很高級的法衣。看樣子似乎是教會的相關人士。

他是何人呢——櫂人皺起眉，在他旁邊的伊莉莎白用緊迫聲線低喃。

「……是哥多．德歐斯嗎？」

「哥多．德歐斯？」

櫂人不由得發出高八度的聲音，畢竟這是不可能的事。

（哥多．德歐斯不是死了嗎？）

哥多．德歐斯應該在最初的襲擊——恐怕是三具惡魔爆炸性膨張時——喪命了才對。不過被櫂人用死者之名叫喚後，男人緩緩回過頭。

『是伊莉莎白嗎？來得好。』

對櫂人來說，此時是他初次不是透過通訊機械看到哥多．德歐斯的身影。哥多．德歐斯的皺紋雖然極多，卻只是一個隨處可見的乾瘦老人，與櫂人的猜測不同。然而，在應該已經死掉卻仍然存在眼前的這個時間點，他就已經不是普通人了。

櫂人瞇起眼，再次確認哥多．德歐斯的身影。定睛一看，那副身軀呈現半透明狀。在哥多．德歐斯腳邊的銀器裡，沉著寶珠的水正發出光輝。

櫂人望著這幅光景時，口袋裡的石頭蠢動了。他同時發現一件事。

（哥多．德歐斯「無疑是死亡了」。）

浮現在櫂人面前的哥多．德歐斯——跟弗拉德一樣——只是靈魂的複製品。他從教會準備的聖水補充魔力，以已死之身進行指揮。

石頭再次蠢動。或許是同為複製品而有所想法，弗拉德似乎想跟他對話。不過按照這個要求讓弗拉德現形的話，權人或許會被聖騎士們砍殺。

就在權人像這樣無視弗拉德時，哥多．德歐斯出乎意料地開口搭話。

『弗拉德在那邊吧？』

「咦，你很清楚嘛。」

被漂亮地說中，權人發出驚訝的聲音。

前任「皇帝」契約者的名字突然出現，周遭之人提高了緊張感。伊莉莎白仰望半空。在這種狀況下，哥多．德歐斯一派沉著地搖搖頭。

『你的左臂是【皇帝】之物。沒有召喚知識的人，其身邊必定有個促成契約的對象，這是不言自明的道理。你口中的【不要後悔】，就是你下定決心做出這個選擇後提出的警告。伊莉莎白的隨從……居然跟【惡魔】訂下契約，你這個愚者啊。』

「的確，我自己也這樣想喔。不過我沒有傷害他人，今後也沒有這種打算。如果我變成危害人民的存在，就會被身為主人的伊莉莎白砍掉腦袋吧。我沒理由被你們指使非難……就現階段而論連處罰都用不著接受。」

『又口出強硬之辭了。不過，如今吾等確實沒有棋子。如果你跟伊莉莎白兩人會一起成為戰力，我就認可這件事吧……不過，我想先確認一件事。』

哥多．德歐斯將白骨般的手臂伸向前方。

他用沙啞的低沉聲音喃道：

『可以把弗拉德叫出來嗎？』

櫂人答應這個要求，輕輕將魔力輸入口袋裡的石頭。瞬間，蒼藍色薔薇花瓣與黑暗在帳篷內飛舞而起。眾聖騎士發出動搖的聲音。弗拉德的幻影沐浴著這一切，一邊在半空中編織成形。

他蹺起腳，以中性美貌睥睨四周。

『嗨，好久不見了呢，哥多．德歐斯。』

「在那邊擺什麼架子啊，你這小丑。」

「明明直到剛才都一直囉嗦地吵著『放我出來！放我出來！』耶，這種口氣簡直像是被叫到才登場啊。」

伊莉莎白與櫂人同時開口抱怨，聖騎士們一起握住劍柄。然而，或許是理解到弗拉德充其量只是幻影，他們立刻解除了警戒的態勢。

弗拉德搖晃黑髮，悠然地對哥多．德歐斯露出微笑。

『是啊，自從展開異端審問隨心所欲地折磨我後，我們就沒見過面了不是嗎？教會的最高司祭居然變成類似於我的存在……不惜扭曲自然天理，教會也做出了挺有趣的舉動嘛。我初次對你們感到興趣呢。』

『你的靈魂殘渣果然在運作，真是可嘆啊。處死【拷問姬】後，必須速速將你廢棄掉才行。』

『放心吧，據說在處死伊莉莎白前，我就會被她親手破壞掉呢。』

『即使如此，伊莉莎白隨從的左臂也是這樣，發生的事全都超過了我方預料啊………這也是神給予的試煉嗎？』

哥多．德歐斯半無視了弗拉德的話語，再次搖搖頭。聽到這段對答後，伊莉莎白忽然開口問道：

「確實，余也嚇了一跳。教會應該不喜歡違背死亡才對啊。」

『正如妳所言。如今【我】的靈魂已回歸神的身邊，哥多．德歐斯這個存在本來就應該速速消失才對，人民卻置身於一片混亂之中。而且在最高司令裡，【拷問姬】與【聖騎士】的指揮權也是由我保管啊。受託利刃之人，不能獨自沉浸於安寧之中喔。』

哥多．德歐斯淡淡地說道，簡直像是事不關己。

關於這個世界的權利結構，櫂人幾乎處於一無所知的狀態。然而聖騎士團──雖然身為王國騎士團的上層組織──卻不是隸屬於國王，而是教會。因此他可以完全理解教會能保有專門用來對付惡魔的武力。

（之後再仔細問問伊莉莎白好了。）

就在櫂人如此思考時──

哥多．德歐斯繼續說出更值得驚愕的事實。

『現存的【哥多．德歐斯】不只我一個。在王都各地……包括設置在四方的避難所與逃亡之旅的目的地，還有交涉場所在內，合計共有二十個【我】正在運作。』

「……啥？」

櫂人不由得發出傻氣的聲音。他自然而然地想像起二十個哥多．德歐斯齊聚一堂的場面。櫂人本能地感到厭惡，皺起眉頭。

同一個人物的靈魂以複數運作著，狀況就算再扭曲也要有個限度。

在他身旁，伊莉莎白發出聲音笑了。

「哈哈，此事還真是令人愉快啊。這可不是擾亂自然定律這種等級的話題喔！教會的最高司祭居然這樣……意思是你們被逼得走投無路了呢！」

「妳這傢伙，放肆！」

聖騎士之一發出銳利的叱責。然而，將櫂人他們帶領至此的女聖騎士卻舉起單手告誡他。哥多．德歐斯向她點點頭後，重新面向伊莉莎白。

『教會再次向【拷問姬】提出要求。與眾聖騎士一同打倒侵犯王都的【惡魔】。對手是十四惡魔中剩下的那三具……這是對妳下達的最後一個命令吧。』

說到這裡，哥多．德歐斯頓了一拍。

他用令人聯想到老鷹的眼神射穿伊莉莎白。

『——在遭到處刑前成就善舉吧。』

「老骨頭，用不著你說，余也會做的！」

「拷問姬」高聲回應教會的要求。

伊莉莎白向他回以著實凶惡的笑容。哥多・德歐斯滿意地點點頭。伊莉莎白冷哼一聲，用塗黑的食指指指甲輕敲王都的地圖。

「那麼，這次會是城鎮戰。關於破壞也沒關係的範圍是——」

「恕屬下直言，我認為並不需要【拷問姬】出手相助。」

清爽嗓音打斷她的問話，伊莉莎白不悅地瞇起眼睛。

櫂人將視線望向聲音的主人，先前制止部屬槓上「拷問姬」的女聖騎士就站在那兒。意想不到的反對讓他歪頭露出困惑表情。

另一方面，伊莉莎白挑釁地吊起嘴角。

「這麼一說，余沒問過妳的名字啊。妳是何人？是何方神聖呢？」

「我是聖騎士團的團長，伊莎貝拉・威卡……哥多・德歐斯大人，屬下斗膽在此進言，不能借用【拷問姬】的——罪人的力量。」

『別用感情論做論述，說出妳認為沒必要的根據吧。』

「是，屬下失禮了。跟先前討論的一樣，按照預定，等居民避難結束，吾等就會得到司祭大人之助對惡魔發動總攻擊……『牧羊人』拉．謬爾茲大人也會在現場。」

「欸，伊莉莎白？」

「在這種情況下你想幹嘛？是無聊之事余就殺了你喔。」

「『牧羊人』是什麼啊？」

「是擁有權限負責召喚第一級幻獸精靈的最高司祭喔……出現了挺厲害的大人物啊。」

伊莉莎白如此回應。雖然只有一點點，她的側臉有著緊繃的緊張感。看到這個反應後，櫂人總算領悟到對方並非等閒之輩。

女聖騎士——伊莎貝拉——接著說：

「特別是司祭大人也擁有對惡魔而言可說是不可侵犯的神之恩惠。膨脹的惡魔本身毫無防備，因此幻獸攻擊的有效性是無庸置疑的——就以上條件而論，有可能藉由王國騎士與聖騎士之手就足夠鎮壓惡魔。在可以藉由人類力量平定亂局的狀況下仰賴『拷問姬』之助，會讓教會的尊嚴受損吧。」

她凜然地做出斷言，周圍的聖騎士也一齊點頭。

聖騎士的真心話讓櫂人心中一驚，表情動搖。然而，最先做出反應的是弗拉德。他用白手套裹著的手指順著自己的唇瓣輕撫，一邊低聲笑道：

『就像沒體驗過男人滋味一樣，對【惡魔】也一無所知的小姑娘口氣還真大啊。那麼，你怎麼想呢，【吾之後繼者(My Dear)】！』

「你們是笨蛋嗎？」

沒等弗拉德問完話，櫂人就憑自己的意志如此詢問。弗拉德更加扭曲脣瓣。伊莎貝拉挑起美麗的眉毛，轉身重新面向櫂人。

「你剛才說什麼？」

「人們陸續被惡魔納入體內，接受淒厲的痛苦。就算真的有可能只靠你們的力量鎮壓下來，不過只要能借到力量，不管是阿貓阿狗都要借喔，尊嚴什麼的吃屎去吧。有時間高舉這種玩意兒，不如到外面去看看並排在肉塊表面的那些臉龐如何？」

由於過度憤怒，櫂人反而變冷靜了。他的腦袋冷徹無比。

用辭雖然粗魯，櫂人卻用冷靜到一定程度的口吻咄咄逼人。他忽然靜默下來，在不帶惡意，而是盈滿純粹疑惑的眼眸中映出伊莎貝拉。

「你們真的不想盡早拯救人民嗎？」

出乎意料地沒有反駁，預料落空讓櫂人眨了眨眼。

定睛一看，伊莎貝拉驚訝地瞪圓雙眼。她用受到衝擊或像是聽見意想不到的話語般——給人印象相當稚氣——的表情打算開口說話。

在那之前，另一名聖騎士發出聲音。

「擁有獸臂，與『皇帝』訂下契約之人說什……」

「嗯嗯嗯嗯嗯嗯嗯嗯嗯嗯嗯嗯嗯嗯嗯嗯嗯嗯嗯嗯，一點也沒錯，正是如此呢！」

「活潑」的聲音忽然震撼現場。

伊莉莎白「啪」的一聲雙手一拍。她露出微笑後，邀舞似的朝說著反對意見的聖騎士伸出單臂。

「那麼，余現在就立刻轉身回去吧！各位辛苦了！」

「呃，不……這個，哥多．迪歐斯大人……」

「余這樣說的話，會哀聲嘆氣的人可是你們啊。居然連這種事都不曉得，連實力差距都測不出來，聖騎士就是這種程度的貨色嗎？簡直像是不知道自身實力的小孩子呢。」

伊莉莎白辛辣地撂下話語。

空氣發出聲音凍結了，至少櫂人是這樣覺得的。面對曾經虐殺同胞的「拷問姬」無禮的言辭，有數人伸手按住劍柄，櫂人也同時舉起獸臂。

他刻意發出——品嘗過數百次死亡時習得的——沉重殺氣。

「不要動。一旦拔劍，我就會先發制人。這邊的動作比較快。」

一觸即發的緊張感充斥現場。哥多．德歐斯跟弗拉德都不發一語，就像在測探彼此的動向似的。

櫂人與聖騎士們貫注怒火的眼瞳正面相對。

「別讓我為了這種事動用『皇帝』的力量。」

伊莉莎白忽然動了。她完全不在意充滿緊迫氛圍的現場的一切，堂堂展開雙臂，踹向石板鋪面。

伊莉莎白搖曳腰際的裝飾布，不知為何開始原地轉圈。

「神的恩惠啊？原來如此，原來如此。確實，教會擁有的庇祐對惡魔很有效。不過所謂的惡魔，就是破壞神之創造物的存在。你們畢竟只不過是神的創造物，在強大的黑暗魔力面前，就算是祈禱也註定會遭到破壞。」

內側染成緋紅色的黑布宛如風車轉動。

伊莉莎白歌詠般繼續說：

「如今惡魔侵犯王都，而且在失控後無止盡地汲取以人民痛苦為名的魔力。肉塊膨脹，其手中的棋子不斷增加喔。」

高跟鞋鞋底「喀」的一聲發出聲響，敲擊石板鋪面。伊莉莎白集眾人的目光於一身，停下腳步流暢地將手臂伸向天花板。

「所謂的數量就是暴力。只要湊齊，就有它能做到的事。」

紅色花瓣與黑暗在手臂前方捲動。她從漩渦中央抽出「弗蘭肯塔爾斬首用劍」。

此人有何打算——眾聖騎士握住劍柄的手用力了。

伊莉莎白一眼也沒望向他們，有如找尋目標似的瞪視頭頂，舉劍擺出架勢。

「果然啊，過來了喔！」

帳篷上方有如被魚群敲擊的水面，突然彎曲變形。過了一瞬間，那東西突破帳篷上方，進入內側。

櫂人瞪大眼睛。不祥的白色塊狀物發出刺耳笑聲，同時從天而降。

伊莉莎白揮劍，一劍取下數隻的性命。她回手又是一劍，屠殺了同樣數量的敵人。即使如此，還是有相當數量的敵人活了下來，在櫂人他們頭上飛舞。

大量羽毛飛散，遮去他們的視野。

「————！」

櫂人反射性地用獸臂斬裂衝到眼前的「某物」。

他沒理解對手的真面目，只是不顧一切地拒絕朝自己發出的強烈惡意與殺意。然而聖騎士們躲過第一擊後，打算先冷靜地掌握情勢。

兩個判斷的差距分出了雙方的命運。

數名聖騎士的頭被——如果對手是人類根本不可能做出來的粗暴動作——扯了下來。身著鎧甲的軀體噴出華麗的血花，在原地轉了一圈。

發出沉重聲響後，開玩笑般滾倒在石板鋪面上。

呀哈哈哈哈哈哈哈哈哈哈哈哈哈哈哈哈哈哈哈哈哈哈哈哈！

發出尖銳笑聲，圓圓的東西同時飛舞至半空中。聖騎士反射性地接住那個東西——察覺到那是同胞的頭之後——發出慘叫聲。

在一片混亂之中，伊莎貝拉先動了。她銳利地抽劍揮出半圓形。伊莎貝拉使用發出白色光輝——似乎被司祭們祝聖過——的劍刃斬斷「某物」的胴體。

櫂人將視線望向那東西。身似鴿子，擁有魚狀頭部的侍從兵屍骸倒在地上。他的羽毛就像在開低級玩笑似的潔白。

伊莎貝拉沐浴著他們的血，踐踏著內臟叫道：

「動起來！停住會變成肉靶喔！」

『蠢材，快拔劍！』

哥多．迪歐斯也如此大喝。雖然因為過度強烈的暴虐而受到衝擊，聖騎士們仍是回過神陸續拔劍。

在這段期間，伊莉莎白也用跳舞般的華麗動作斬殺侍從兵。沒使用拷問器具，是因為她判斷在這種狹窄空間裡使用會將人們捲入其中吧。

她優先屠殺鎖定文官的侍從兵，櫂人也如此仿效。

敵人數量在轉眼間減少，異形屍骸漸漸堆積在石板鋪面上。

除了初擊，眾聖騎士之中並未出現犧牲者。確定他們取回原本的冷靜後，櫂人叫道：

「大家趴下！」

「趴下喔！」

伊莎貝拉也如此大喊。在那之後，櫂人彈響手指。

「——飛舞（La）吧！」

虛空飛來巨刃，以毫釐之差掃過聖騎士們的頭部頂端。侍從兵被斬成兩半，紛紛落至石板鋪面上。

雖然被激烈血雨打濕，眾聖騎士仍是毫不膽怯。他們迅速地掃蕩逃過利刃的侍從兵們。

不久，帳篷內變得寂靜無聲。

相對的，來自外面的慘叫聲傳入耳中。

粗魯地擦拭沾在臉上的鮮血後，伊莎貝拉愕然發出聲音。

「怎麼會……防禦結界被——」

「聖騎士們圍在廣場四周邊緣負責維持結界。意思就是結界是以那些傢伙為起點，以半球狀覆蓋廣場。也就是說，天花板附近會是最薄弱的地方……侍從兵們集結在那邊，以數量取勝將它壓破了啊。就算十多隻變成絞肉也在所不惜的話，要做到這點可說易如反掌吧。」

伊莉莎白一邊淡淡地分析，一邊邁開步伐。她輕盈地搖曳烏黑柔亮的秀髮，微微回頭望向後方。

「在那邊發什麼呆？有心守護己方殺掉敵人的話，就跟余過來。」

她身上的裝飾布翻飛，離開正要開始崩塌的帳篷。以伊莎貝拉為首，聖騎士們也反射性跟在那道背影後面。

權人被引誘般跑了幾步，卻又停下步伐。他朝四周東張西望。雖然發著抖，眾文官之中似乎沒出現重傷者。弗拉德在不知不覺間消失了身影。

（恐怕是膩了啊……還真隨興呢。嗯？）

就在此時，權人察覺到哥多．德歐斯正在看自己。確認那顆寶珠也平安無事後，權人點了點頭。與哥多．德歐斯確實四目相接後，他衝至外面。

一來到外面，權人就倒抽一口涼氣。

「…………——！」

那兒也上演著地獄光景。

如同先前一樣，鴿子造型的侍從兵陸續扭下人的頭。殘留的胴體噴出血花，一邊轉圈一邊倒地。被扔出的頭撞上石板鋪面，宛如果實破碎。

同一時間，眾侍從兵抓住十幾個人的手臂，硬是將他們搬向肉塊那邊。

「啊，啊，啊啊啊啊，啊啊啊啊啊啊啊啊啊啊啊啊啊啊啊啊啊啊！」

現場傳出絕望慘叫。人們在淒慘屍骸上方雙腿亂踢，飛向空中。這簡直像是使用人偶演出的一幕殘酷喜劇。然而，半瘋狂的叫聲卻是貨真價實。

「──居然有這種事！」

難以忍受過分至極的慘狀，連負責維持結界的聖騎士都打算採取行動了。權人試圖制止他們，然而在那之前，伊莎貝拉就告誡了眾聖騎士。

「不要動！集中魔力修復破損的部位！這些傢伙由吾等收拾！」

她如此大叫之際，結界裂縫大量湧入新的黑影。

伊莎貝拉靈敏地抬起臉。

「──是第二波嗎？」

那句話的語尾被困惑抹消。

確認新敵人的身影後，權人也瞪大眼睛。他愕然低喃：

「做出了多麼──殘酷的事啊。」

新的侍從兵有一半以上維持人類的模樣。

被剝成赤裸的背部長著桃紅色的怪異翅膀。只要它擅自鼓翅，仍是人類的身軀就會被迫走向前方。侍從兵失去平衡，可悲地跌倒在石板鋪面上。

侍從兵倒在面前後，有如無頭蒼蠅逃竄的居民們面露困惑表情，停下腳步。

在這些人之中，一名女性大叫：

「你……你是……羅漢吧？羅漢！是你！」

她忘記逼向自身的危險與恐懼——大叫聽起來像是情人或伴侶的名字——衝至禿頭侍從兵身邊。被喚作羅漢的男人用有點像生鏽的動作回頭望向女性。

她才一伸出手臂，侍從兵的臉頰就膨脹到面目全非的地步。

櫂人回過神大喊：

「不行！」

男人發出黏答答的聲音，從口中伸出舌頭。藍黑色的濕肉捲住女性的胴體。抓到她後，男人的桃色翅膀有如擁有自身意志般鼓翅。

「不要，不要啊啊啊啊啊啊啊啊啊啊啊啊啊啊啊啊啊啊啊啊啊啊啊啊啊！」

她留下淒厲慘叫，被帶至肉塊身邊。

目睹突如其來的殘忍行徑，居民們作鳥獸散逃了起來。禿頭隨從的舌頭與鴿型侍從兵的鈎爪陸續襲向那邊。

受騙遭到偷襲的憤怒與駭人情緒讓聖騎士們高高揮起劍。

「————！可惡！」

「噫！」

在那瞬間，禿頭侍從兵發出孱弱叫聲。他們仍與人類無異的身軀微微發顫。雖然像是因為過長的舌頭礙事而無法說話，不過如果能編織出語言，他們就是在求饒吧。而且眼眸居然還浮現著大顆淚珠。

惡魔不會哭泣。

聖騎士們不得已察覺到一件事，這些侍從兵大部分的身體都還跟人類一樣。

只要斬下桃色翅膀，或許還有救不是嗎？就算不用化作言語，這種期待也充斥在現場。

就在這個瞬間——

冰冷低沉的聲音響起。

「——『斷頭聖女（La Guillotine）』。」

伊莉莎白周圍產生五個黑暗與紅色花瓣的漩渦。咚的一聲，五具白色人偶貫穿漩渦中心著地。貌美的聖女們閉著眼，就這樣抬起臉龐。

筆直剪齊的厚重銀色長髮搖曳。

同時，伊莉莎白踩響腳跟。

聖女們傾斜被樸素純白連身裙包覆的身軀。她們仰望天空，將白皙藕臂交叉在胸口，然後再張開。咻的一聲銳利聲響傳出，她們的手肘滑出四方形的利刃。

利刃陸續斬裂兩種侍從兵——跟在「總裁」宅邸裡釋出時不同——用無視離心力的動作描繪弧形，接著再次收進聖女的手臂。

血雨傾盆而降，現場發出困惑的慘叫聲。

在這種情況下，僅有一人——只有櫂人帶著沉靜的目光點了頭。

伊莎貝拉什麼也沒說，然而其他聖騎士卻用顫抖的聲線說：

「明明還有可能恢復耶！」

「蠢材，別認為一度化為侍從兵的人類還有救。捨棄天真的美夢吧，只能殺掉他們。」

「妳可以確——」

「可以……余在比任何人都還要近的地方看過惡魔的所作所為。」

如此斷言後，伊莉莎白再次踩響腳跟。

「斷頭聖女」接二連三用利刃斬斷眾侍從兵的胴體，淒慘屍體堆積如山。

在這幅光景之中，「拷問姬」——上一代「皇帝」契約者弗拉德．雷．法紐過度完美的寶貝女兒——毫無慈悲地宣言。

「希望這玩意兒，愈是懷抱它就愈是白費工夫。只要相信絕望就行了——然後，為了打破它而拚命掙扎吧。」

伊莉莎白露出熾烈眼神撂下話。聽到這句話，櫂人耳聞悲劇般緊咬脣瓣。

在那之後，有一名聖騎士行動了。

「——呼！」

伊莎貝拉發出裂帛般的喝聲，同時令銀髮飄揚。她朝侍從兵的脖子閃出劍刃。

仍是人類的頭飛至半空。

鮮血濺上陶磁般的肌膚向下滴落，伊莉莎白向動搖的部下們下令。

「殺吧。非難與責任都在我這個下令之人身上。無需擔憂，諸位給他們最後一擊吧。」

凝視那道渾身鮮血的身影，伊莉莎白瞇起紅色眼眸。然而，她什麼都沒有說。

或許是為了鼓舞自己，聖騎士們忽然發出吼聲。他們從丹田發出粗野聲音並揮起劍。王國騎士也跟在他們後面。

在那之後，騎士們真的很冷靜地行動。

除了翅膀，與人類之物毫無不同的屍體堆疊在石板鋪面上。

不久後，順利地驅逐了眾侍從兵。

聖騎士們重新布下結界。與司祭們會合後，結界也因此更加強化，運送重傷者與小孩的行動也重新展開。在聖騎士的護衛下，平安無事的人們開始趕路脫離此處。眺望這一連串光景以及堆積在角落的屍體後，櫂人再次確認那個事實。

（……人們拚命地試著活下去。）

而且以惡魔為對手的戰鬥實在太殘酷又悲慘。

Fremdtorturchen
2
月光下的宴會

無論看起來如何停滯，時光都會以一定的速度流逝。

戰鬥之後太陽西墜，夜晚終於造訪。王都變得淒慘無比的模樣也漸漸被低垂的夜幕遮掩。現在肉塊的膨脹——雖然很有可能只是一時——也開始收斂。或許是察覺到可以當「補給材料」的居民減少了，它也停止了亂七八糟的攻擊。

「……好漫長啊。」

權人在廣場一角如此自言自語。然而至今為止的事件，實際上卻是發生在短得可以說是異常的時間內。只不過是沾滿鮮血的慘劇濃密地堆疊過頭——恐怕除了他以外的人也是如此——讓時間的感覺出現錯亂罷了。

可以說事到如今，人們總算得到了可以靜下來好好思考事情的狀況。

即使如此，戰鬥仍持續著。

滴答——無數水滴敲擊石板鋪面的聲音響起。權人受聲音牽引，抬起臉龐。

白光展開成圓筒狀圍住好幾個人，再化為大量水滴灑落的光景映入眼簾。

光芒散去後，到剛才為止都存在著的人類身影消失了。教會毫不停歇地運行著移動陣。

然而，也許是判斷今天之內不可能運送所有人，一部分的移動陣開始轉為從王都外面搬入兵力與物資。

教會的修女們立刻使用送來的穀物熬粥。排隊等待進入移動陣的人們——雖然有一時差點發生流血事件，卻還是克服這種恐慌——主動幫忙她們。

負責運行移動陣的司祭們一邊對協助之人投以感謝的目光，一邊輪流花費魔力。他們的額頭浮現密密麻麻的濕黏汗水，負責防禦結界的人們消耗更加激烈。

（戰鬥並不是只有殺侍從兵呢。）

然而，櫂人無法幫忙做那些事。

如今，他身上並不只是寄宿著伊莉莎白的血液，還擁有自身龐大的魔力。不過那是與「皇帝」訂下契約，從痛苦中取得的事物，因此與司祭們的魔力——擁有優秀資質之人透過祈禱取得並貯存在體內的力量似乎也可以稱為靈力——水火不容。既然如此，就去幫忙煮飯分配食物好了，不過如此一來——為了不要嚇到別人——纏在獸臂上的布片又有可能會鬆開。

（……嗯，這句話由自己來說也很奇怪，我還真是變成了很邪惡的存在啊。）

就在櫂人感慨良多如此思考時，溫暖的水氣輕輕撫摸他的臉頰。

櫂人連忙抬起臉龐。定睛一看，裝在破損器皿內，還放了一根木湯匙的蔬菜粥正在鼻尖搖晃著。教會的修女露出慈愛微笑，同時朝他遞出碗。

「這是來自神的恩惠，請用吧。」

「咦！那個，我不能吃。」

「您在說什麼呀，不吃身體會撐不住喔。」

年輕修女堅定地將碗用力推向這邊。

不不不——權人搖搖頭。「異端審問」與庫爾雷斯對異端者——既狂信又徹底——的種種侮蔑，在他的腦海裡不斷打轉。哥多．德歐斯對權人他們的態度也很難說是友善。代表教會的人就是「這個樣子」。

然而，這名修女究竟是怎麼了呢？

權人因意想不到的事態而心神大亂，視線也跟著游移。

（為何教會的相關人士要給我粥？有下毒？下了毒嗎？嗯？）

就在此時，權人察覺到一件事。

裝在現有器皿內的魔法火焰照亮著廣場。不用擔心會延燒的火焰，用它的金光溫暖著人們。在這幅光景中，眾修女正來回走動分發米粥。

看樣子不只是權人，她們也有拿粥給無力自行過去取用的民眾。

權人茫然望著這幅光景。體貼眾人、誦唱祈禱詞的她們側臉流露出真正的——他生前不曾見過的——溫柔。就算面對的是「皇帝」的契約者，也難以想像這個行為是惡意之舉。

不過，不，正是因為如此，權人的目光更加游移不定。

（連對待惡魔的契約者都這麼親切不會很不妙嗎？呃……該不會這個人不曉得吧？）

櫂人如此思考後，接受了這個想法，畢竟他現在正用黑布遮去左臂。因為衣著看似軍服，應該沒被誤認為民眾，卻還是很有可能被誤認為精疲力盡的魔法相關人士。

（怎、怎麼辦？）

事後知道櫂人是「皇帝」契約者的話，修女或許會感到受傷。他如此苦惱著，卻不想讓她感到害怕。櫂人不想浪費難能可貴的親切。

結果櫂人用右手接下器皿。

「感激不盡，我開動了。」

「我們才要謝謝您白天的辛勞。願神保祐您。」

修女閉眼祈禱後再次微笑。她厚重的黑色修女頭巾翻飛，離開現場。櫂人愣在原地，目送那道背影。

她似乎知道他是誰，而且還拿粥過來。

「……真是令人開心呢。」

櫂人點了好幾次頭後，用木匙撈起粥，送入嘴巴。只有淡淡的鹹味擴散在舌頭上。然而過了一陣子，開始緩緩滲出穀物與蔬菜的甜味。

因為生前的受虐經驗使然，櫂人的味覺很遲鈍。只要沒有加入洗潔劑或毒物，不管是什麼東西他都吃得下去。即使如此——雖然遠遠不及心愛的小雛親手做的料理——這碗粥感覺仍是十二分地美味。在空蕩蕩的胃裡，暖意漸漸滲透至每一個角落。

直到此時，櫂人才發現自己空著肚子。

「就算與惡魔訂下契約，肚子還是會餓嗎？」

櫂人喃喃低語後，將粥一掃而空。雖然知道這樣做很沒規矩，他還是用木匙向下挖到最底部，不死心地狂撈穀物的顆粒。

就在此時，櫂人想起自己不久前才看過類似的光景。

像貓兒刮搔土鍋底部的身影輕飄飄地浮現在腦海中。

（嗯……這麼一說，那傢伙在幹嘛啊？）

櫂人起身，迅速環視四周。周圍沒有他尋找的身影。然而只要一進入視野，應該就會發現她才對，所以她不可能有去領粥。

櫂人有些煩惱地邁開步伐，再次排到領粥行列的最後面。

不久後輪到他，他將空器皿交還邁入老年、看似女巫的修女，並且開口詢問：

「那個，我認識的人還沒吃，可以再拿一碗嗎？」

修女用鷹勾鼻發出冷哼，將銳利視線投向櫂人的左臂。

被灰色眼眸用刀子般的視線注視，他不由自主地端正姿勢。然而隔了凝重的沉默後，老婆婆微微搖頭，在新碗裡加了粥。

看樣子對方似乎決定視而不見。

「……謝謝。」

櫂人帶著雙重含意道謝後，離開現場。他手中拿著還在冒熱氣的暖和器皿，一邊環視廣場。然而，這裡果然沒有她的身影。

「所以，伊莉莎白那傢伙究竟到哪裡去了？」

為了找尋「拷問姬」的艷麗身影，櫂人再次邁開步伐。

＊＊＊

「————！好痛！」

數十分鐘後，櫂人以幾乎被眾聖騎士踢出去的形式通過廣場入口。門扉發出聲響，在他背後關上。這種把人踹出門的做法真的很完美。

櫂人以栽向前方的姿勢勉強站好，防止粥從右手的器皿中溢出。拭去因千鈞一髮而流出的冷汗後，他回頭望向後方。

「我明白你們很不耐煩，但這樣也太粗魯了吧！」

憤怒的聲音沒得到回應，並肩而立的聖騎士們以凝重的沉默做出回應。

這些臭傢伙——櫂人咬緊牙根。然而關於自己被粗暴地趕出廣場一事，其實他也有一部分是可以理解的。

自從發現伊莉莎白不見後，櫂人就在廣場來回走動找尋她。

他在各個場所惹人嫌，探頭窺視每座帳篷，最後甚至還試著鑽到桌子底下。即使如此，還是沒有發現她。

櫂人使出最終手段，向圍在周遭邊緣的眾聖騎士尋求目擊情報，結果慘遭「她剛才擅自出去了，去把她帶回來」然後被踢出門的下場。

「明明討厭伊莉莎白卻叫我把她帶回來。既然有自覺需要她這個戰力，再稍稍將她當成同伴對待也無妨吧？呃……不過，我也可以理解他們會生氣的心情就是了。」

櫂人嘀嘀咕咕地如此低喃，微微回頭望向聖騎士們的身影。

看穿纏繞在白銀鎧甲身影上的緊張感後，櫂人用力吞下一口氣。

如今，結界主要是由司祭們負責維持。聖騎士們平安地從不習慣的重責大任中得到解放。然而，他們仍是跟白天一樣圍住邊緣地帶，保持警戒的態勢。

聖騎士們用魔力輔助司祭們，同時也必須擔任人肉盾牌，還帶著如果有侍從兵從四周侵襲就得首當其衝喪命的覺悟做著這些事。

「拷問姬」硬是通過了這邊。

而且到頭來連她的隨從都單手拿著粥，悠悠哉哉地晃到這邊。

（……嗯，開始覺得沒被揍一頓就不錯了。）

被如此對待也是沒辦法的事吧——櫂人如此心想，吞下嘆息。

他再次將步伐邁向道路前方。

櫂人背對廣場——遠離發出低吼聲的肉塊——朝那個方向開始前進。

＊＊＊

櫂人事前就從伊莉莎白那邊聽過，住在王都的大多數人——特別是沒住在商業區或工業區，而是在發展完善的住宅區擁有居所的人們——都很富裕。

有如要證明這句話有多正確，美麗街景擴展在他的眼前。一排排的住家牆壁都裝飾著組合成不同色調的磚瓦。面對街道的樹籬都修剪得很美麗，玄關前方延伸出白色的石階。

對櫂人來說，這裡的印象近似於以前在電視上瞄到的歐洲郊區的觀光地點。然而被花朵與色彩妝點的街景，如今也被吞沒至不祥的沉默中。

到處都沒有人的身影。不過，幸好也沒有侍從兵的身影。

據說眾聖騎士從暫時在廣場避難的人們當中選出有體力的人，再以精銳部隊護送他們脫離王都。當時他們恐怕是一舉掃除了在路上的侍從兵。

（如此一來，就算單手拿著粥空不出手好像也沒關係呢。）

櫂人覺得不用擔心會打翻後，高興地快步前行。每次路過小巷子，他都會停下步伐探頭望向前方。然而，連一隻貓都沒找著。

看樣子如今此地似乎只有櫂人在。

如此理解後，壓倒性的沉默開始滲進耳朵。

「……………如果是這裡就沒問題吧，畢竟發現伊莉莎白的話就沒辦法開口了啊。」

他喃喃低語，暫時停下找人的步伐。

略微煩惱半晌後，櫂人判若兩人地從喉嚨深處擠出低沉聲音。

「『皇帝』。」

『——在呼喚吾嗎，吾不肖的主人啊？』

黑暗在他前方捲起漩渦，不久後絲般的纖細黑色漸漸描繪出有彈性的肌肉跟滑順的上等毛皮。跟民宅屋頂一樣高的——這隻野獸基本上雖然巨大，卻會隨著心情改變尺寸——黑犬實體化了。

異形野獸雙眼炯炯燃燒地獄火焰，睥睨櫂人。

櫂人毫不畏懼地回望最頂級的獵犬——「皇帝」——開口問道：

「我有事情想問你。」

『悉聽尊便。』

「皇帝」用著實很有隨從風範的態度回答，櫂人瞪視擺出惡劣態度的狗。

「侍從兵發動奇襲時，你沒有伸出援手啊——這是為什麼？」

當時如果是「皇帝」，應該可以穿梭在礙事的人群中，輕易獵殺侍從兵才對，然而他卻沒有現身。

沉默一時降臨。不過「皇帝」立刻冷哼一聲，就像在說「是這種事啊」。

『當然嘍。為了顯示吾之力而消滅其他惡魔，吾沒異議。然而，為何吾這位至高無上的「皇帝」必須為了人類去狩獵侍從兵這種貨色呢？這不是最頂級獵犬的職責。還是說你是為了壓扁螞蟻而刻意開砲的愚者呢？』

咕噫嘿嘿嘿嘿嘿嘿嘿嘿嘿，呼嘿嘿嘿嘿嘿嘿嘿嘿嘿，咕噫嘿嘿嘿嘿嘿嘿嘿嘿嘿！

「皇帝」用極像人類的聲音發出嗤笑，櫂人責備似的瞇起眼睛。

「我是你的契約者。照理說只要我有那個意思，你就要出借力量吧？」

『少自以為了不起喔，小鬼。你是吾之主，吾之觸媒，吾之道具，吾之肉。被飼養的可不是吾，還是說你想被咬殺呢？』

「……原來如此啊。如果因此『不小心』咬殺契約者，你就會失去與人界的連繫，再次早早回歸。『皇帝』的評價會在人們之間變成笑柄吧，肯定不會再有人想召喚你。好啊，動手吧。這樣挺愉快的不是嗎？」

所謂的惡魔，就是會在人類跪地求饒時毫不留情踐踏頭部，將它壓扁的生物。就是因為這樣，權人本能性地理解害怕「皇帝」，擺出謙遜態度是愚不可及的行為。

他刻意強勢地撂下話，同時現場「喀嚓」一聲響起沉重聲音。

權人的左下臂消失了。

「——咦？」

石板鋪面上嘩啦嘩啦地迸流大量鮮血。他之所以沒把裝粥的器皿弄掉，雖是因為右手手指受到衝擊而僵硬，卻也可說是奇蹟般的偶然。

在困惑的權人面前，「皇帝」吐出了「某物」。肉塊「咚」一聲發出沉重聲響掉落在血泊上。捲住的黑布鬆開，權人茫然眺望著它。

一半以上都獸化的人類手臂，看起來像是與自身毫不相干的物體。

（…………呃，那是我的左臂吧？）

慢了半拍才正確掌握到狀況後，他立刻被激烈痛楚撕裂神經。

「——嗚！」

權人立刻吞下慘叫聲。就算到目前為止他也品嘗過數百次死亡的激烈痛楚，但面對突如其來的痛楚，他仍然不是沒有任何感覺。

櫂人閉上眼睛，在腦海內不斷說話。

（冷靜，冷靜，冷靜冷靜冷靜！這種程度算不了什麼。）

櫂人故意細心地品嘗，藉由習慣劇痛安撫它。

數秒鐘後，他完全取回了平靜。

「皇帝」感到佩服似的微微扭曲嘴唇。

『——哦！』

櫂人先蹲向路面，將器皿放在地上。

就某種意義而論很傻氣地先確保粥安全無虞後，他彈響手指。滴落的血液突然變成紅色花瓣，聚集在櫂人的傷口回歸體內。接著他拾起左臂，將它壓向截斷面。裸露而出的血肉與骨頭互相接觸，壓扁變形。

「——回復（La）。」

蒼藍花瓣與黑暗捲住亂七八糟的接著面。有如長出數百條手臂，肉、骨以及衣服纖細詭異地延伸。它們互相纏繞在一起，然後融合。

不久後，一切都恢復成原狀。

櫂人直勾勾地望著「皇帝」。

「開心了沒，『皇帝』？急躁就是你的壞習慣。」

『輕率地挑釁自己的猛獸也難說是好習慣就是了啊……唔，精神沒有屈服嗎？那副狂人般的行徑看來依舊健在。好吧，就看在這扭曲的分上，容許你這次的無禮吧……不過，不肖的主人啊，你要如何處置自身抱持的矛盾呢？』

「皇帝」重重地趴坐在原地。他交疊前腳，然後將下顎放上去——總算擺出可以好好談話的姿勢——尋問權人。

面對突如其來的問話，他歪頭露出困惑表情。從鼻子吐出帶有鐵鏽味的氣息後，「皇帝」在喉嚨深處發出嗤笑。

『不曉得嗎，笨蛋？你是惡魔的契約者，是實現破壞世界之力的人。這種存在居然守護人類，因為被人類感激而感到心安，真是非常滑稽。滑稽至極，矛盾得無可救藥——給吾知恥吧，小鬼。』

「……你有在看啊？」

『一邊嘲笑一邊看啊，那是一場令人不悅又難看的秀喔。』

「皇帝」再次發出瞧不起人的冷哼聲。這次他將確實有著血腥味的煙吹向權人的臉。權人拳頭緊握，垂下視線。的確，「皇帝」所言甚是。如果從立場與力量來考量，他的行動就算再矛盾也得有個限度才行。

權人陷入沉思，「皇帝」在他面前繼續說：

『總有一天，這個矛盾會化為木樁貫穿你的胸口吧。就像命中註定被火燒的那個女人一樣啊。』

「伊莉莎白。」

櫂人只對這個部分做出反應，遙想難以逃避的命運。

克服這個困境後，伊莉莎白確定會被處以火刑。身為她的隨從，同時也是「皇帝」契約者的櫂人雖然沒有傷害他人，卻也無法免於被處死。

無論累積多少善行，事到如今「拷問姬」都不會被原諒。

櫂人微微緊咬脣瓣。「皇帝」看到他那副模樣，低聲笑了。

『所謂的惡魔，就是在欲望與願望的盡頭伸出手，方能抵達的至高之力。請你務必不要搞錯喔，小鬼。忘記自己最大的願望，是戴著善人面具的呆子才會做的事喔，【十七年來的痛苦累積】啊……………嗯？被看見也很麻煩呢，吾不喜歡老鼠的叫聲。』

在最後留下這句話後，「皇帝」的輪廓開始崩潰。鋼鐵般的肌肉與上等毛皮柔軟地融化。他再次描繪出黑暗漩渦，在最後留下地獄火焰的殘光後消失了。

（究竟是怎麼了？）

櫂人皺起眉心，猛然回神抬起臉龐。定睛一看，一道扭曲的影子正從道路前方漸漸接近這裡。是侍從兵嗎？他擺出架勢。然而，影子的真面目似乎是兩名聖騎士。

看來是因為一人撐著另一人的肩膀，形狀看起來才會像怪物。

兩人腳步踉蹌。

（陪人民脫離此處的聖騎士之中，有人負傷先一步回歸了嗎？）

櫂人如此推測後，準備向兩人搭話。

「沒事——」

「來，快走吧……我懂你的心情，不過我們不能一直在大本營外面。不想被任何人看見的話，也不要再哭了。」

「可惡……可惡可惡……啊啊啊啊，可惡可惡！」

聽到這段對話後，櫂人連忙閉上嘴巴。看樣子兩人似乎是暫時離開廣場的人，而且被撐住的那一人還一邊嚎啕大哭，一邊用手——看起來是沒搭在對方肩上的那隻手——不斷毆打自己的頭。不管怎麼看，他都呈現精神失常的狀態。

（咦！啊！這個有點不妙呢。）

櫂人環視周遭後，飛身衝進開著沒關上——或許是因為居民慌張逃走——的門裡頭。他蹲到樹籬後面，盡可能地縮小身軀。

畢竟對「拷問姬」的隨從抱持反感的人很多。

（因為不想被別人聽到哭泣聲啊。）

透過樹籬的空隙，櫂人小心翼翼地探頭望向街道。兩人好死不死，偏偏在幾乎是他眼前的位置停下腳步。為了不被發現，櫂人更加屏住呼吸。

另一名聖騎士沒察覺到他，阻止同伴自殘並如此低喃：

「你就跟負傷者一起休養吧，至少在冷靜下來前待在救護所。」

「少說傻話！這副模樣怎麼可以曝露在眾新人的面前呢？他們本來就已經很不穩定了耶！……啊，啊啊啊啊啊啊，可惡，可惡……好慘喔……可惡，對不起，對不起……啊啊啊啊啊啊啊啊，原諒我……我已經不行了……不行了啊。」

瞬間精神恢復正常後，聖騎士更加激烈地哭了起來。

他嗚咽著，絆到腳跌了一大跤。然而，錯亂的精神狀態卻沒有收斂。聖騎士一邊哭泣一邊往前爬，然後縮起身軀難看地嘔吐。

會這樣也很正常——櫂人如此心想。真的很正常。

（……那個人會覺得內疚，是因為肉塊侵蝕地區的搜索行動結束了吧。）

櫂人如此推測。

針對來不及逃跑的人民進行的搜索行動於傍晚時分「結束」了。

然而，這個事態卻離「結束」這個字眼還遠得很。只要找尋民宅的夾縫處，應該還能發現許多來不及逃走的居民吧。

即使如此，搜索行動仍是中止了。

其理由便是救助方的消耗實在過於激烈。

櫂人想著在——自己也有同行的——搜索行動中發生的事件。

惡魔的犧牲者，大致上都會走上筆墨難以形容的末路。這是教會相關人士也都知道的事實，因此聖騎士們應該也事先做好了覺悟。然而，這座「王都」的「犧牲者」外貌變化展現出來的淒慘度遠遠超出以前例為基礎所做出的預測範圍。

特別是富裕商人兒女舉行歌唱發表會的小劇場，那邊的狀況可說是慘烈無比。由教會出資——據說因此可以上演的曲目也很有限——建造而成的場所被莊嚴氛圍妝點，鮮艷光芒透過嵌在窗框的精緻花窗玻璃投射在舞台上。排排站在那邊的少年少女被突破背後那道牆壁擠上來的肉塊吞噬下半身，每個人的大腦與內臟也被迫融合在一起。「人類形狀」遭瓦解後，生者們看起來就像是既冒瀆又駭人的東西。而且象徵性吊在巨蛋狀天花板上，流著血淚的聖女還在一旁默默看著他們。

只要被砍，孩子們就會用童稚聲音哭泣，有時則是唱著純真無邪又亂七八糟的歌曲。

那是足以破壞騎士們的——特別是聖騎士的——理智，讓他們停下手的光景。

最終，伊莉莎白屠殺了孩子們。

只有她，連一次都沒有從淒慘身影上面移開目光。

在那之後，眾年輕騎士之中就不斷有人陷入致命性的精神失常狀態。

還沒被弄成同樣慘狀的居民或許就躲在某處發抖。然而，考量到今後有可能會面臨到的嚴苛戰鬥，就不能繼續冒著消耗人才的風險。

因此，搜索行動中止了。

就算從櫂人的角度來看，這也是不得已而為之的判斷。

即使如此，還是會有人像眼前這名聖騎士一樣產生罪惡感吧。

「對不起，對不起，對不起，啊啊啊啊啊啊啊啊啊啊啊啊啊啊啊啊啊啊啊！」

（不過，就算道歉也只是徒然……如果是我，不管對方說什麼都絕對不會原諒的。）

無論被如何謝罪，對於被捨棄的人們來說，那個選擇就是一切。他們肯定會跟前世的櫂人一樣，或是比他還要強烈好幾倍地憎恨世界。

櫂人痛切地理解這個事實。然而，他也很明白不由得想道歉的那些人的心情。

另一名聖騎士像要安慰似的觸碰正在嘔吐的同僚的背。

「……嗯，那確實很慘啊。不曾看過那種程度的地獄。」

「人類……人類……被弄成那樣……啊啊啊啊啊啊啊。這是冒瀆，冒瀆般的行為。聖女啊，神啊，為何不守護無辜的人民呢？這實在太慘了……而且為何，要吾等親手，用吾等之劍將他們，啊啊啊啊啊啊啊啊啊啊啊啊啊啊啊啊啊啊！」

聖騎士抱頭發出尖叫，不斷地用額頭撞向石板鋪面。

「吾等之劍應該不是為了做這種事而存在的。應該不是這樣應該不是這樣應該不是這樣不對不對啊啊啊啊，別看我，別用那種眼神看我呀啊啊啊啊啊！」

「真是的，冷靜下來……我懂的，不過冷靜下來……別再這樣了。」

壓住他的那個聖騎士肩膀也在發抖。

櫂人不由得想從樹籬後面跳出來。為了對兩人說「你們並沒有錯」，他猛然雙膝用力。

就在此時，另一人撫摸不斷大叫的同僚的背——雖然隔著鎧甲實在不覺得會有效果——一邊如此說道：

「團長大人的判斷也不曉得是怎麼搞的——應該把與侍從兵戰鬥的事交給『拷問姬』才對吧。」

（剛才——說了什麼？）

櫂人感到腦袋從內部迅速冷卻下來。因生前的受虐經驗使然，只要負面情感超過一定值，他的激烈情緒便會收斂。相對的，他會取回冷靜，同時也得到理性。

櫂人在腦海中想像在小劇場時，伊莉莎白的臉龐。

『——真可悲啊，余來讓你們解脫。』

她毫無慈悲、溫柔地給予致命一擊，只有她沒有移開目光。

只有「拷問姬」直視所有慘狀。

「吾等之劍不是為了這種事而存在的！只要將它交給已經背負罪愆之人——」

咕噫嘿嘿嘿嘿嘿嘿嘿嘿，呼嘿嘿嘿嘿嘿嘿嘿嘿，咕噫嘿嘿嘿嘿嘿嘿嘿嘿。

「皇帝」的嗤笑聲在櫂人的耳膜內側回響。那道聲音像是含帶侮蔑之意的人聲。

櫂人感到左臂的獸毛倒豎。他晃動黑色長大衣的下襬，搖搖晃晃地起身。他用附加魔力的腳踹壞草坪，瞬間移動至門扉前方。

同一時間，現場響起毆打的悶響。

「——嗯？」

櫂人不由自主停下腳步。他將半邊身軀藏在門柱後方，探頭窺視街道。

那兒是一片出乎意料的光景。

撂下話表示讓「拷問姬」去殺害侍從兵的聖騎士倒在石板鋪面上。他流著鼻血，站在前方的是拳頭被手甲覆蓋，而且染得濕濕紅紅的銀髮美女。

讓人聯想到高貴利劍的女性——伊莎貝拉．威卡以低沉聲音囁語。

「——你想說的就只有這些嗎？」

「……團、團長。」

「吾等是教會之劍，聖女之刃，為人民而存在的盾牌。吾等不拯救受苦的無辜人民……不殺掉侍從兵……究竟要由誰擔下這份重任？」

「這件事就由『拷問姬』……」

「打算將應該由吾等拯救的人們交給其他人嗎！」

伊莎貝拉向仍然倒在地上的聖騎士大吼。冰冷、有如火焰燃燒的激烈叱責聲響起。聖騎士「噫」的一聲短短倒抽一口涼氣，然後搖搖頭。然而，他仍繼續像是慘叫的訴求。

「可是殺害民眾這種事……多麼可怕……吾等殺害人民……」

「你是怎麼聽的啊！」

伊莎貝拉揪住從聖騎士鎧甲中露出的上衣領口。她輕易舉起身體比自己長又壯碩的軀體。或許是至今為止的糾結全都溢出了，他流著鼻血的同時也開始流出淚水。

伊莎貝拉正面承受充滿激情的視線並大叫：

「對樣貌出現改變的人民下手一事，諸位無需感到內疚！如果這其中有罪，背負起這份罪愆的人就是下令之人，也就是只有我一人！應許之日來臨時，諸位會得到聖女的諒解而被引導至神明身邊。諸位下手的人們應該也會應允此事才對！」

「團長……伊莎貝拉大人。」

「挺起胸膛，不准再哭泣！如果有人說諸位有罪，就算那個人是諸位自己，我也絕不允許……還有，那邊的你。」

「是、是的——————！萬分抱歉，萬分抱歉！我、我！」

額頭滲出血的聖騎士跳了起來。他趴在石板鋪面上，發出尖銳聲音。俯視精神仍處於錯亂狀態下的他，伊莎貝拉下達嚴令。

「去救護所休息。直到治療師下達許可之前，都絕對不准上戰場。你打算讓同伴曝露在危險之中嗎！」

「了解，了解！會依照團長的指示去做！」

「去吧——抱歉沒發現你狀況不佳。」

聖騎士慌張地起身。雖然心神大亂，兩人仍是不斷謝罪——比起道歉，察覺到自己應為之事後——他們將左臂橫在胸前敬禮。

伊莎貝拉同樣回禮後點點頭。為了速速回去，兩人開始踏上歸途。剛剛一直被撐著的聖騎士——雖然一邊哭泣——拚命動著自己的腳。

在那之後，凝重的沉默被留在原地。

細細吐出氣息後，伊莎貝拉仰望天空。不久，她喃喃低語：

「不出來嗎？」

「妳有發現啊？」

櫂人感到吃驚，同時將腳步踏向街道。

伊莎貝拉回頭望向他。在淡淡月光照耀下，銀髮滑順地搖曳。宛如寶石的藍與紫的雙眸映出櫂人的身影。她臉上浮現雖沉穩卻感到有些無言的笑容。

「畢竟你釋出了那種程度的殺氣嘛……真是耐人尋味。你看起來雖然像是慣戰沙場，卻簡直像外行人似的。我先為失禮之舉道歉吧。部下失禮了，主人被侮辱你一定很難受吧。」

「與其說是主人，倒不如說作為一個朋友感覺很難受啊。」

「朋友？」

櫂人如此說完，伊莎貝拉再次瞪大眼睛露出吃驚的表情。她用與伶俐美貌不相稱的稚氣表情歪了歪頭。

看到那副模樣後，櫂人不由得連珠炮般接下去。

「那傢伙啊，呃，那個，很常被誤會……不，『拷問姬』就是『拷問姬』，這一點沒有半點誤解就是了。不過，總之那傢伙也有她不錯的地方，並不是一個惡魔般的女人。就算是現在，她也不害怕自身死亡地為人們而戰。」

妳明白吧──櫂人如此做結論，用帶有期待的眼神望向伊莎貝拉。

櫂人隱約覺得如果是她就會把這番話聽進心裡。

不久後，伊莎貝拉重新改觀似的緩緩點頭。

「令人吃驚呢，你們的關係似乎比我料想的還好……白天那時也是，真是抱歉啊。雖然這樣說會像是在找藉口，不過我會那樣進言是有理由的。」

「嗯？」

「我弟弟被『拷問姬』殺了，所以我對你們的可信度存疑。」

伊莎貝拉輕描淡寫地說出驚愕的事實。

櫂人瞪大眼睛。伊莎貝拉撩起銀色瀏海，蓋住美麗的蒼藍色左眼。她有如在述說往事似的造著句子。

「就算是現在，只要看到這邊的蒼藍眼眸，我就會想起弟弟的事……他的魔力沒我這麼強，所以被說要成為聖騎士是一件很難的事……然而，他是一個生存意志跟正義感都很強的孩子喔。雖然我早已做好覺悟，卻沒想到在『串刺荒野』之後他就沒回來了。」

「──────！」

聽到她這一番話，櫂人反射性想到某個惡魔。

那是櫂人剛被「拷問姬」召喚出來時發生的事。在居民被殘殺的村子裡，騎士──被鎖鍊縛住四肢──發狂似的大吼：

「伊莉莎白啊啊啊啊啊啊啊啊啊！伊莉莎白啊啊啊啊啊啊啊啊啊啊啊啊啊！」

那道聲音不只帶著痛苦，也包含純粹的怒意。

他頭盔下方的眼瞳是清澄得令人心驚的──就跟伊莎貝拉同樣美麗──蒼藍色。與「騎士」訂下契約的人類還很年輕，好像本來就很高潔。

伊莉莎白溫柔地朝他低喃：

「是【串刺荒野】的倖存者嗎？那你一定很痛苦，而且充滿恨意吧。」

（那個……該不會，那個……不，這怎麼可能。）

「怎麼了？露出奇怪的表情。」

伊莎貝拉疑惑地凝視櫂人，皺起眉心。

苦惱數秒鐘後，櫂人嚥下衝到嘴邊的話語。

「……不，沒什麼。」

（就算這個推測是事實，說出來只會讓伊莎貝拉感到痛苦而已。）

自己的弟弟或許跟惡魔訂下契約——她不會想聽這種事吧。

權人如此判斷後選擇沉默。伊莎貝拉雖然露出覺得奇怪的表情，還是繼續說：

「……我聽說你是從異世界召喚過來的隨從，所以你或許不曉得。不過在『串刺荒野』之後的戰鬥中，王國騎士與聖騎士都悉數慘敗。另外，不只是『拷問姬』，從弗拉德・雷・法紐與他率領的惡魔軍團手中守護人民的任務，騎士們也輸了。直到『拷問姬』反叛惡魔，一時的休戰造訪前，吾等都只是單方面被蹂躪的存在……為了維持最低限度的防衛線，戰鬥經驗豐富的人、有才能的人優先成了犧牲者。」

「該不會……『所以』才這樣嗎？」

「正是如此。因此，如今的騎士們之中有很多新兵，對精神上的打擊耐受性很弱。存活下來的老手大多也是在獸人、亞人純血區擔任邊境線警戒任務的人。自從第三次和平協定後，那邊就很太平……因此一旦目睹慘狀，精神也會跟著錯亂吧。」

她用寂寞眼神如此斷言，權人在腦海中描繪出這座王都的慘狀。

這個場所是被血肉妝點的地獄，是殘酷至極的謝肉祭舉行地。沒跟惡魔對峙過的人很難承受這種事吧。然而，伊莎貝拉補充也存在著希望的話語。

「不過只要投入全軍，同時也接受司祭大人們的幫助，吾等如今就擁有足夠的力量鞏固王都。這次雖然被對方從內部進攻，不過就跟我向哥多・德歐斯大人進言的一樣，討伐惡魔這件事本身應該是做得到的。」

「所以跟先前一樣，不需要『拷問姬』嘍？」

「關於這句話，我要把它收回——其實告訴你這件事才是這段對話的正題就是了——就算吾等能親手平息事態也一樣。正如你所言，『我想盡快拯救人民』。」

這次換櫂人眨眼了。

伊莎貝拉帶著真摯得駭人的心意盯著他。

「我就老實說吧，要我打從心底相信你們，就算是現在也很困難。不過你的那一句話，以及哥多．德歐斯死後『拷問姬』仍沒有反叛的事實就是一切吧。」

「——！」

（對喔……哥多．德歐斯的死還有這層意義嗎！）

伊莎貝拉的這句話，讓櫂人感受到像是被賞了一巴掌的衝擊。

「拷問姬」被上了教會的枷鎖。不過只要與惡魔締結契約，她就有可能解開它。按照事先的決定，此時哥多．德歐斯會用自己的生命與所有靈力做交換阻止她。然而，他死了。

即使如此，「拷問姬」仍然沒有背叛人類。

櫂人拚命動腦，思考哥多．德歐斯死後所造成的情勢變化。

就在此時。

「請務必助吾等一臂之力。」

伊莎貝拉的聲音將櫂人迅速地拉回現實。

猛然回神後，有如用月光捻合而成的銀髮在權人面前發出柔順光輝。意識到這件事時，伊莎貝拉對他深深低下頭。在驚訝的權人面前，她靜靜地做出堅定的斷言。

「一切都是為了人民。」

（對惡魔謙遜是愚昧至極的舉動。）

權人在腦海裡反芻這個事實。就像他這個契約者完全理解此事一樣，教會擁有豐富的惡魔資料，所以也知道這件事吧。滿是血腥的歷史，如實地告知對惡魔低下頭的愚者會有何種下場。

不過，伊莎貝拉卻老實地向權人低下頭。

也就是說，她認為他是人類。

回過神時，權人已經開了口。

「我……我是權人。瀨名權人。」

「瀨名權人……你肯成為吾等的助力嗎？」

「當然。妳……團長……呃——」

「叫伊莎貝拉也行，威卡也無妨就是了。」

「那就伊莎貝拉。我們才是，還請助我們一臂之力。」

權人打算伸出右手，卻改變主意選擇野獸的左臂。他試探般刻意將那隻手伸向前方。伊莎貝拉毫無迷惘地用覆蓋著手甲的手握住與惡魔訂下契約的證明。

獸毛與金屬互相接觸。兩人直勾勾地互相凝視，然後開口。

「「一起跟惡魔戰鬥吧。」」

同一時間，像是人類笑聲的聲音在櫂人耳膜內側亂舞。

低沉聲音有如要脅，像在嘲笑似的向他低喃。

你是惡魔的契約者，是實現破壞世界之力的人。

這種存在居然守護人類，因為被人類感激而感到心安。真是非常滑稽。

滑稽至極，矛盾得無可救藥。

——給吾知恥吧，小鬼。

即使如此，櫂人仍繼續握著伊莎貝拉的手掌。

就像只要放開它，就會失去身而為人所擁有的某種事物。

＊＊＊

十多分鐘後，櫂人手持盛著粥的器皿再次走在街道上。

明明遭逢層層試練，不過幸運的是內容物並未灑出。

用不著被兩名聖騎士踹飛，只能說是運氣好。櫂人收回擺在路上的器皿時，伊莎貝拉還愕然地說：為何這種地方會有這東西？

她早一步回去了。伊莎貝拉說她聽聞「拷問姬」跟兩名聖騎士，還有櫂人都各自離開廣場後，就考量到或許會發生爭執，才主動追了過來。

意思是遇上櫂人跟聖騎士時，她就已經達成目的了。

「嗯，伊莉莎白跑去哪裡了啊？」

被留在原處的櫂人獨自在大道上徘徊。回過神時，周圍的房屋已經不是民宅，而是開始變成小吃店或雜貨店以及旅館這一類的建築物，遠處可以看見南門附近的外牆。就算街景開始變成以服務旅人為主的模樣，也沒有發現伊莉莎白的身影。

（果然不在這裡嗎……該不會已經回去了吧，嗯？）

就在此時，櫂人停下腳步。

美妙歌聲傳入耳中。

溫柔的曲調是某個熟人的聲音所打造出的。

櫂人連忙尋找來源。定睛一看，以魚鱗瓦屋頂與氣派銅製招牌為特色，兼做酒吧的小餐廳木門開著。

歌聲是從那邊傳來的。

櫂人慎重地爬上長年被酒醉客人用靴底磨削的——中央處凹陷的紅磚製——階梯。他小心翼翼地探頭望向店內，木製地板上排放著用舊的圓桌。

伊莉莎白坐在其中一張桌子。

她沐浴著從窗口照進室內的月光，一邊哼著歌。

有時伊莉莎白還會像戲水的幼兒揮動她那雙罕見的美腿。不知為何，貓兒聚集在她四周。她輕撫朝她磨蹭的柔軟背部，並且茫然眺望虛空，不曉得是不是下意識地哼著歌。

那張側臉看起來隱約有些寂寞，卻洋溢著清澈笑容。

那是一幅用筆墨難以形容的美麗光景。

望了她一會兒後，櫂人小心翼翼地開口搭話：

「妳，喜歡貓嗎？」

「嗚哇啊！」

伊莉莎白發出傻氣的聲音，整個人也同時蹦了起來。在她身旁放輕鬆的貓兒一齊發出喵喵聲逃了開來。

伊莉莎白回頭望向櫂人後，擺出怪異姿勢。

「櫂、櫂人！你為何會在這裡！別嚇人啊！」

發出哈氣聲的模樣簡直像豎起毛的貓。然而，奇形怪狀的戰鬥姿勢卻也像怪鳥。好像在哪裡看過啊——如此思考後，櫂人點點頭。

「噢，這姿勢跟『肉販』一樣呢！」

「別將余與他相提並論！這可是屈辱至極的事！」

伊莉莎白勃然大怒。在櫂人的腦海裡，想像出來的「肉販」正帶著抗議的情緒蹦蹦跳跳。實際上如果本尊在現場，應該正在大叫「真是失禮耶」。

伊莉莎白重新坐上圓桌後蹺起二郎腿。她不悅地發出冷哼。

「哈！余不特別喜歡貓喔！只是余坐在這裡，然後牠們擅自靠過來而已喲。」

「也就是說，妳是受到貓喜愛的人類。」

「別有事沒事就用那種溫馨的語氣說話！」

伊莉莎白再次像貓哈氣般大怒，似乎還能在她背後看見豎毛膨脹的尾巴。這樣下去自己會被迫坐上拷問椅吧——如此心想後，櫂人閉上嘴巴。

伊莉莎白氣了一會兒，覺得奇怪地微微歪頭。

「嗯？余再問一次，你為何會在這裡，櫂人啊？所以你是閒人嘍？」

「妳才是呢，為何跑到外面來啊，所以妳很閒呀？」

「哈，蠢材。因為在那種到處都是騎士的地方休息，可能會有人向余要求決鬥。將跳蚤一隻隻捏死也很麻煩吧。」

她聳聳肩。原來如此啊——櫂人點點頭。

既然哥多．德歐斯提出要求，再怎麼說都不會有人想暗中偷襲吧。不過就算事態危急，有人提出決鬥要求也不足為奇。與惡魔決戰前，也會有人想確認「拷問姬」真正的心意跟實力吧。

櫂人如此思考之際，伊莉莎白的好奇心轉移到其他事情上。將視線移至他拿在手中的器皿後，她再次歪頭。

「嗯？那是什麼啊？」

「啊，這個嗎？給妳。」

「唔唔唔唔？」

「很好吃的。」

「唔。」

「吃吧。」

「唔。」

在謎樣的簡短對答後，伊莉莎白從櫂人手中接過器皿。她用木匙撈起黏稠的淡黃色米粥後，用厭惡的視線望向他。相信我吧——櫂人點點頭。

雖然有些不安，伊莉莎白仍老實地張嘴吃了一口粥。她用複雜的表情動嘴咀嚼。不久後，伊莉莎白咕嚕一聲吞下，然後輕聲低喃：

「『板棍』。」

「為什麼？」

居然會不由分說地喚出拷問器具，這點連櫂人也料想不到。

黑暗與紅色花瓣捲起漩渦，釘上大量釘子的木棒朝櫂人下方揮落。櫂人用可說是華麗也能稱為詭異的動作，滑溜地閃過毫不留情的一擊後，發出抗議的聲音。

「喂──────！別人明明辛辛苦苦拿粥過來耶，別用拷問回報啊！」

「因為，這個，好難吃。」

「好難吃是怎樣啊！它很好吃耶！」

「黏答答又黏呼呼到不行！這是在整人嗎！」

「這怎麼可……………………真的。」

櫂人一把將碗搶過來探頭望向裡面後感到愕然。或許是使用的穀物的關係，完全冷掉的粥變成又黏又稠的塊狀物。他深深嘆息，喪氣地垂下肩膀。

看到他這副模樣後，伊莉莎白沉吟一聲，彈響手指。她消除了「板棍」。

「看樣子似乎不是惡整啊……嗯？不過等一下，你離開廣場，該不會就只是為了拿這個過來吧？」

「就只是這樣啊。」

「蠢貨！連你都用這種無聊理由出來的話，會引來聖騎士的懷疑吧！隨從與主人一起離開現場，別人可能會疑心吾等有所圖謀啊！」

「好痛！別踢我啦！沒事的，伊莎貝拉不是這種人啦！」

「突然變要好是怎樣啊！」

「剛才我們談了很多話！而、而且啊——」

櫂人一邊防禦伊莉莎白華麗的迴旋踢，一邊張開嘴巴。不過，就在他打算繼續說下去時，卻突然不好意思了起來。

（這、這樣一想，我也覺得是個很無聊的理由呢。）

不過，事到如今也沒辦法了。

他微微垂下臉，喃喃說出理由。

「因為我覺得妳的肚子也餓了啊……而且從修女那邊拿到飯，我也覺得很開心。」

「只是這樣嗎？」

「只是這樣。」

只是這樣有什麼錯——櫂人終於豁出去了。他堂堂正正地挺起胸膛。

伊莉莎白正打算破口大罵，卻又用手按住額頭，大大地垂下肩膀。

唉～～～～～～～～～～～～～～～～～——她嘆了一口最高層級的氣。

「所以就特地拿粥過來給『拷問姬』啊……你還真是笨得很啊。」

「有被瞧不起的感覺。」

「就是瞧不起你啊，蠢材。」

伊莉莎白冷哼一聲。重新坐上圓桌後，她輕輕擺動一隻腳。

或許是察覺到騷動已經告一段落，貓兒們再次開始聚集在這四周。牠們一邊喵喵叫一邊摩蹭她。

伊莉莎白隨意撫摸粗糙毛皮，將手伸向圓桌邊緣。

仔細一看——是從廚房拿出來的嗎——那兒擺放著葡萄酒、燻肉，還有橄欖樹的果實，以及起士跟麵包等等的食物。她用花瓣朝未開封的瓶口閃出一擊。

芳醇香氣傳出的同時，紅色的酒咕嚕嚕地灑到地板上。

「哎，算了。既然都來了，事到如今再說也沒用。打起精神喝一杯吧，櫂人！」

「居然要在這裡開酒宴啊，不會影響到明天的戰鬥嗎？」

「如果是現在的你，就算醉了也能用魔力排毒吧。」

「真的假的，魔力好猛啊。」

「來，喝吧喝吧。」

伊莉莎白將瓶口被切開的酒瓶扔向櫂人。就算內容物華麗地灑出，他還是接了過來。伊莉莎白同樣抓住已經開封的酒瓶，然後也喝了一口。

一隻黑貓抽動鼻子聞著灑在地上的酒，打算伸出舌頭舔。伊莉莎白見狀立刻跳下圓桌，溫柔地抓住貓的後頸。

「喂，你不能喝喔。乖乖過來這裡吧。」

貓被放上伊莉莎白的腿上後，喵的一聲叫了。櫂人望著那副模樣問：

「欸，這些貓是要怎麼辨啊？就毛皮來判斷，似乎不是家貓就是了……這裡也已經很危險了吧？」

「哼，如果是傳送貓的移動陣，這種東西不管要多少余都畫得出來啊。之後余會一一將牠們扔進去喔。只要到其他城鎮，牠們總會有辦法生存下來吧。」

伊莉莎白這麼說著，輕搔黑貓的下顎。

貓很開心地從喉嚨發出呼嚕聲。

「畢竟惡魔的進攻本來就與這些傢伙無關。」

伊莉莎白叫櫂人吃小菜，自己也喝下葡萄酒。櫂人望著她吃東西的模樣時，忽然受到一股不祥的預感驅使。

（伊莉莎白．雷．法紐離開這座王都後，會有機會再次用餐嗎？）

他覺得酒突然變苦澀了。

這是最後之戰。打倒三具惡魔後，就只剩下一條路可走。

「伊莉莎白。」

「幹嘛？」

「這裡的小菜是冷的，粥也變難吃了，不過啊……」

「嗯。」

「再次回到小雛身邊後，我們來吃熱熱的美味飯菜吧。」

櫂人刻意如此說道。然而，沒有回應。

伊莉莎白依舊無語。櫂人打算再次開口向她搭話，她卻猛然灌了一口酒，就像在拒絕這件事。

喝下頗多葡萄酒後，她接著說出完全不相干的話。

「明天中午前預定要跟『牧羊人』會合，展開總攻擊。別大意了喔。」

沒被告知的計畫讓櫂人屏住呼吸。

會話在此中斷，「拷問姬」不再說話。

櫂人只是望著沉默的美麗側臉。就在此時，他忽然察覺一件事。

（剛才的歌。）

實際上櫂人並不曾聽過那種歌。因為櫂人有所察覺時，母親就已經不在了。即使如此，櫂人仍不由得感到那個溫柔的聲音就是那種歌。

（它一定就是——）

搖籃曲。

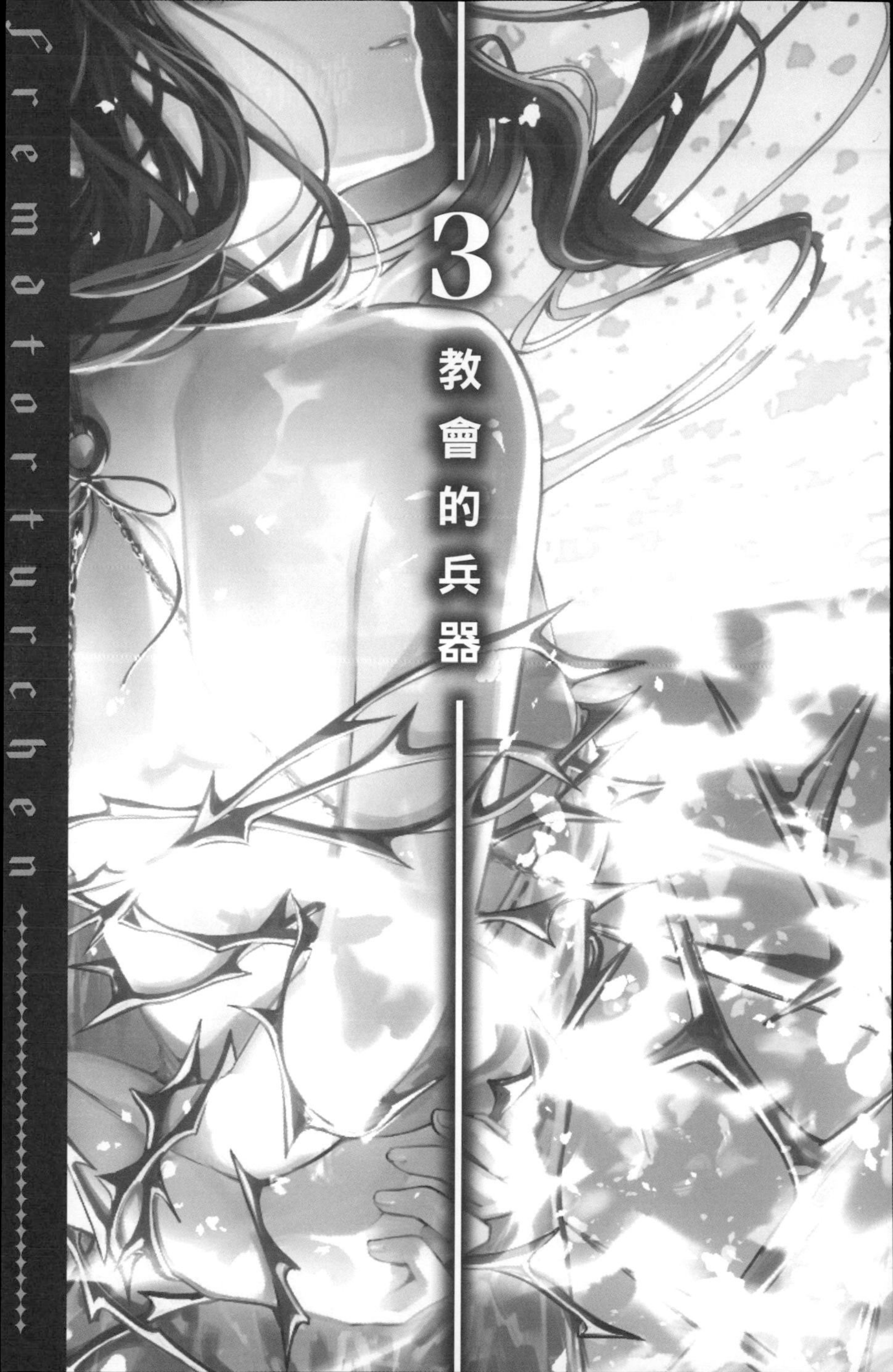

fremdtorturchen
3
教會的兵器

隔天早晨的王都天空著實清爽又萬里無雲。

在清澄的藍色之中甚至飄著白色雲朵。

（考慮到地上的慘狀，這種天氣還真諷刺啊。）

櫂人如此思考。

他將腳邁向前方，環視在周圍行進的大軍。

聖騎士們的白銀鎧甲承受陽光發出炫目光輝。他們高舉繪有白百合紋章與受難聖女的旗幟，每當含有血腥味的風吹過來，旗幟就會在——與氣味毫不相稱的——完美青空飄揚。

櫂人再次確認現況。

為了護衛避難所，散布在王都四個方向的眾騎士各自開始進軍。目前除了防衛周圍與負責維持結界的人手，所有人都朝事先決定好的位置前進。

這正是所謂的總體戰。

櫂人跟伊莉莎白與伊莎貝拉還有哥多・德歐斯率領的軍隊同行。

櫂人不時會彈響手指，用利刃屠殺接近而來的侍從兵們。或許是信賴他的判斷，伊莎貝拉與聖騎士們只盡力警戒來自建築物後方的偷襲。伊莉莎白讓雙方負責開道，自己則是保留力量。

不久，櫂人他們抵達目的地山丘。

山丘背後有一大片墓地，櫂人從山丘頂端俯視被光芒照亮的街景。

從其他避難所出發的聖騎士與王國騎士的混合軍，應該也對「王」、「大君主」、「君主」變形而成的肉塊擺出包圍之勢，在受到嚴重影響的範圍外待命才對。然而，沒辦法從這裡確認他們的模樣。

相對的，櫂人目睹了異樣光景。

「…………那是怎樣啊？」

肉塊周圍有數公里染成灰色。

侵蝕範圍內的建築物有如變質的紙張風化，有時還違反物理法則改變為——泡粒狀或是玻璃質狀的——形狀及材質。

色彩、時間、形狀悉數遭到剝奪，灰色的世界沉默著。就像被刀子切下，在那條線的另一側完全化為異質空間。

櫂人總算也領悟到肉塊膨脹收斂的理由了。肉塊以不同於物理性侵蝕的另一種形式啃食著周圍。

（世界正在「被破壞」。）

櫂人本能地——或是與惡魔訂下契約的影響使然——如此領悟。

「皇帝」在他的耳膜內側低喃：

『看吧，所謂的惡魔就是破壞神造之物的存在。不受契約者的自我束縛，以本質盡情揮灑駭人威力的話，就會像這樣喔——那麼，教會啊，試圖冠以神之名的區區普通人類會怎麼做呢——真是滑稽的表演啊。』

咕噫嘿嘿嘿嘿嘿嘿嘿嘿嘿嘿，呼嘿嘿嘿嘿嘿嘿嘿嘿嘿，咕噫嘿嘿嘿嘿嘿嘿嘿嘿嘿。

「皇帝」用極像人類的聲音嗤笑。看樣子他似乎很享受現狀。

櫂人沒有對此做出回應，再次瞪視眼前的光景。

道路從山丘那邊延伸而出，前方本來應該是王城才對。然而如今在他的視線範圍內——據說曾被讚喻為白色薔薇的——豪奢城堡與庭園，以及無數有力貴族的別墅已不復存在。它們全部都被肉塊吞噬了。

從商業區發生的肉塊第一次爆炸性膨脹時，就有如看準王都重要地區似的流入這裡。

（然而，以王為首的大部分重要人物卻都沒有出現死傷者。）

這都是多虧因「大王」與「拷問姬」戰鬥而為了防衛協議造訪王都的哥多・德歐斯。他孤身一人爭取到緊急運送重要人士的時間。

據說確認所有人都逃走後，哥多・德歐斯——為了防止自身之力遭到惡魔利用——在自己被肉塊納入體內前自殺了。

結果，教會失去了擁有力量能跟惡魔融合體交手的最高司祭之一。

喪失重要戰力的現在，聖騎士們正屏息等待某個存在。

那個人便是「牧羊人」拉・謬爾茲。

（究竟是怎樣的人物？）

據說她是——伊莉莎白有云是女人——「擁有權限負責召喚第一級幻獸精靈」的最高司祭。以伊莎貝拉為首的聖騎士們似乎都對她寄予莫大的信賴與期望。然而，她遲遲沒有抵達開始讓櫂人產生了不信任感。

（教會總部應該有常設的移動陣。明明如此，這樣實在太慢了。）

情勢如此急迫，卻還是不願派出最高司祭的理由應該不存在才是。

櫂人望著肉塊，雙手環胸如此思索。或許是察覺到他的焦躁表情，哥多・德歐斯發出安撫般的聲音。

『稍安無躁，伊莉莎白的隨從啊。你也一樣，只要看到就會明白。』

「看到？」

（不是「見面」嗎？）

就在櫂人如此感到疑惑之際。

「拉．謬爾茲大人駕到。」

傳令兵報告的同時，現場響起喀啦喀啦喀啦的粗野聲音。一名女性坐在裝有車輪的木製椅子上，就這樣現身了。櫂人不由自主屏住呼吸。

看到那東西的瞬間，他的疑惑確實解開了。

拉．謬爾茲是「物品」。

她被純白色的拘束帶從臉龐一直捆到腳尖，甚至到了偏執的地步。因為連椅背跟扶手一起被綁住，看起來簡直像是跟椅子一體化，甚至無法從那副姿態看出正確的體型。然而透過拘束帶的縫隙，卻能異常清楚地看出莫名散發著稚氣光彩的大眼睛。

簡直像是某種裝置，或是幼小的怪物。

看起來實在不像人類。

『好久不見啦，拉．謬爾茲啊。妳至今仍然健在，這也是神的恩典吧。』

拉．謬爾茲沒有回應哥多．德歐斯的呼喚。相對的，她嘰哩嘰哩地咬響金屬製的口罩。口水泡沫從拘束帶的縫隙溢出，然後滴到地面。

眾聖騎士一齊跪下，駭人光景讓櫂人向後退了一步。

伊莉莎白在他耳畔低喃。

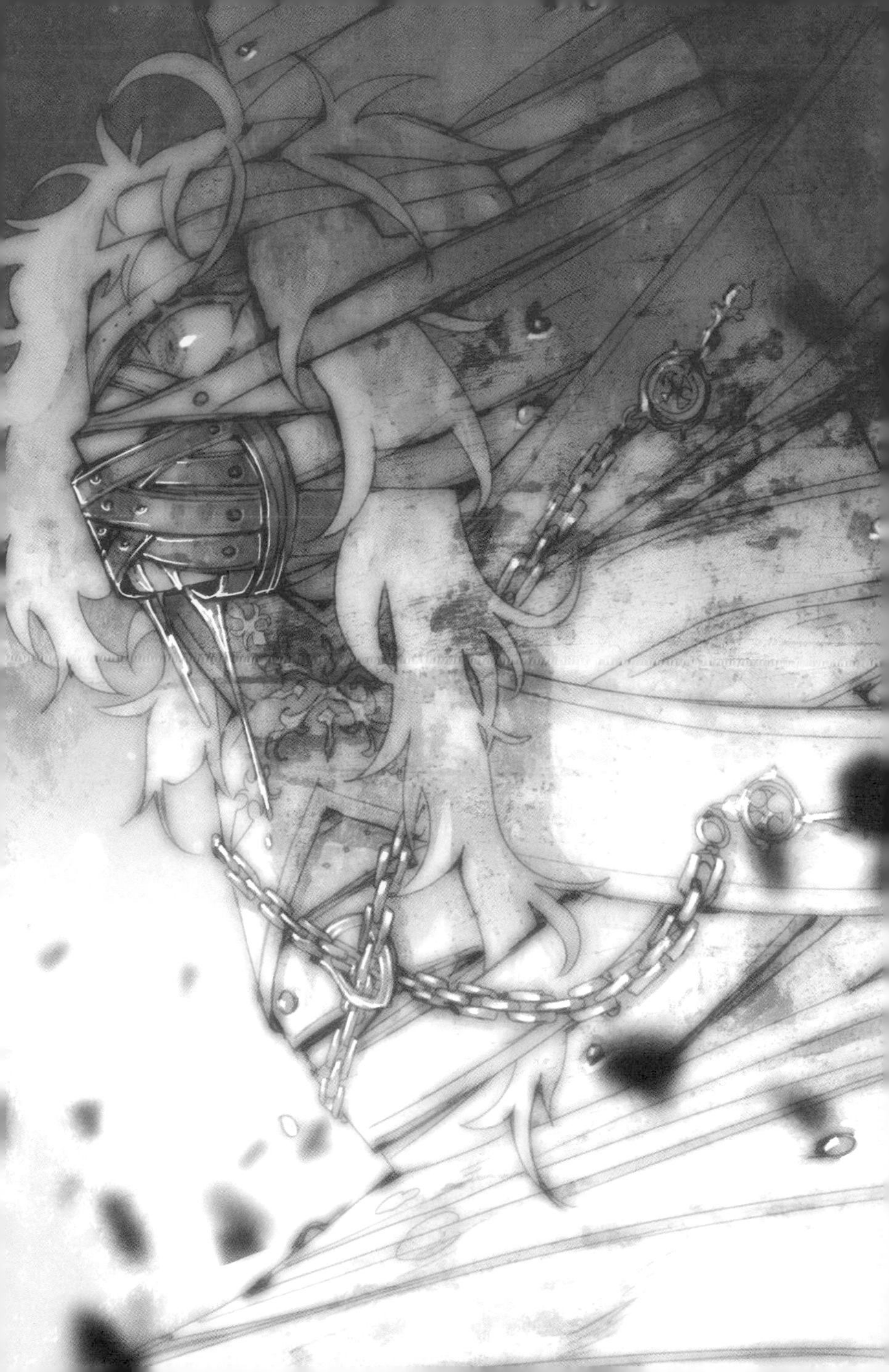

「拉．謬爾茲是最高司祭之一，也是生前就名列聖人的人。然而，那個女人卻無法自行行動，也沒有個人意志。」

「妳說沒有個人意志……那是什麼意思啊？」

「第一級幻獸精靈的召喚雖然位階比『神』低，卻有著將性質類似的存在從高次元拉出來的意義。為了達到目的，跟『神』之間必須存在強大的連接。除了受難聖女外，要讓這股力量寄宿於現世之身，而且強度還要在一定程度以上的話，沒有人能保持精神正常。」

聽到衝擊性的事實，櫂人的臉更加僵硬。再次直視拉．謬爾茲後，他有些愕然地思考。

（如此說來，從人類的角度來看，神跟惡魔本身都是差不多的不祥存在不是嗎？）

或許是察覺到這個推測，伊莉莎白低聲嗤笑。

「現在才發現這件事嗎？蠢人。神跟惡魔都一樣，說到底只不過是創造破壞世界的存在，不是人類應該觸碰之物。」

兩人如此低聲對談之際，其他人也替拉．謬爾茲準備。

聖騎士們連同椅子將她轉向肉塊的方位。他們又傾斜椅背，對「角度」進行微調。在車輪上打樁固定在地面上後，眾聖騎士一齊退避至拉．謬爾茲身旁。

櫂人被留在後方，不知該如何是好而感到困惑。就在此時，伊莎貝拉的指示拋了過來。

「你們也退下吧，就這樣待在那邊很危險。」

「嗯嗯，明白了。」

將拉・謬爾茲一人獨自留在山丘頂後，聖騎士們趴到並排在斜坡上的墓碑之間。櫂人他們也如此仿效。確認所有人都退開後——身穿大紅色長袍——看似隨從的少年恭敬地接近拉・謬爾茲，用顫抖的手解開她的口罩後，害怕猛獸似的迅速趴到地上。

有好幾秒拉・謬爾茲都沒有動作。然而，她有如打呵欠般開始緩緩張開嘴巴。口水從令人聯想到草食獸的整齊白牙之間滴落。

在隱約滲出瘋狂意味的光景前，伊莉莎白低喃：

「拉・謬爾茲能把天生俱備在體內的許多聖紋(Stigma)當成召喚陣活用。然而『運轉』那傢伙時需要教會所有最高司祭，再加上王公貴族簽名才行。之所以珊珊來遲就是因為這樣喔。」

「妳說『運轉』……這可不是對人類使用的話語啊。」

「正是如此，你說的沒錯。『擁有權限負責召喚第一級幻獸精靈的最高司祭』只不過是虛有其名喔。」

在兩人面前，拉・謬爾茲下巴的關節正不斷超越人類的可動範圍。即使如此，她仍繼續張大嘴巴。她的嘴角開始一點一點地迸裂，連綑在臉上的拘束帶都發出聲響被扯裂。

而且還疊上了黏稠的聲響。

「…………咦！」

櫂人瞪大眼睛。拉・謬爾茲的嘴巴飛出帶有些許光澤的塊狀物。它的頭比她的還要大上數十倍，上頭有如剛產下的動物嬰兒般覆蓋著黏膜。

那是完全無視質量法則的詭異光景。

「那女人就是教會擁有的最終兵器。」

伊莉莎白低聲接著說。

就在此時，櫂人察覺到一件事。仔細一看，塊狀物是以濕潤的羽毛構成的。

巨鳥正要從小小嘴脣間出現。

鳥有如從內側被推擠般突然朝前方移動。那東西一口氣滑溜地跑出來。

櫂人打算好好確認異形的全貌。然而在那之前，鳥就發出短促聲響消失了身影。

光芒以拉・謬爾茲為起點爆開，現場捲起圓形的強烈爆風，椅背大大地向後彎折。同一時間，在拉・謬爾茲前方延伸——通往肉塊那邊的——道路兩旁的建築物群有如玩具般被轟飛了。

某物伴隨著衝擊波，高速飛向肉塊。

「她只不過是活生生的砲台。」

伊莉莎白這麼說的同時，某物——恐怕是從拉・謬爾茲口中飛出來的鳥——命中肉塊。濃濃黑煙冒出，仍然被肉塊納入體內的犧牲者們的臉陸續發出慘叫。面對讓人不忍聽到的悲痛聲音，就算是聖騎士也搖晃鎧甲露出動搖神態。

櫂人凝視被黑煙隱藏的肉塊表面。

那兒被深深地削成孔洞狀，而且燒焦了。發生了什麼事呢？

櫂人在腦海裡反芻，並且整理發生在一瞬間的事。

（恐怕是從拉·謬爾茲口中生下來的鳥以高速飛向肉塊，命中並且消滅了它。）

咕啵──異樣聲音再次響起。拉·謬爾茲的口中微微露出第二個巨大塊狀物。

櫂人屏住呼吸旁觀這幅光景。他極力保持冷靜，試圖理解現況。

（正如伊莎貝拉所言，召喚獸的有效性顯而易見。）

拉·謬爾茲的脣瓣間再次產下鳥。留下「咻啵」一聲短促聲響後，光芒炸裂。

肉塊表面爆散，第二次砲擊也順利結束了。然而，櫂人緊緊握住拳頭。

（…………明明是這樣才對，這是為什麼？）

他無論如何都無法抹去湧上胸口的濁黑不安。

拉·謬爾茲正要吐出第三隻鳥，就在那個瞬間。

「──要來嘍。」

伊莉莎白低語。聲音發出後，肉塊山腳下幾乎同時湧出黑影，在它頭上也出現大量黑點。兩個群體看起來也像螞蟻跟蒼蠅大軍，然而每一個黑點的造形卻遠比蟲子還要不祥。

肉塊解放了侍從兵。

邪惡大軍通過灰色空間，以猛烈之勢試圖逼近──既是砲擊之主，同時也是砲台的──

拉．謬爾茲。櫂人從墓碑後方探出身軀，準備擺出臨戰態勢。

就在此時，現場響起哥多．德歐斯的指示。

「還沒，待命吧。」

喀一聲，拉．謬爾茲以異樣角度收起下顎。那道射線改變了。

第三次的砲擊炸裂。白色爆焰挖去肉塊山腳，大群侍從兵燒毀了。受到衝擊波推擠，鳥型侍從兵也被狠狠摔向地面。從他們身軀跑出來的骨頭與內臟，在路面上開出淒慘紅花。

拉．謬爾茲壓倒性的戰鬥力讓眾聖騎士發出畏懼的聲音。

連櫂人都開始產生勝利的預感之時。

肉塊表面產生震動，啪一聲剝開了。

「————嗯？」

發生什麼事————櫂人瞇起眼睛。素材雖是肉，形狀卻像小孩用模具壓出來的餅乾麵糊。

讓紙張般的單薄身軀打起波浪後，扭曲人型浮至半空中。那東西輕飄飄地閃過拉．謬爾茲的下一發砲擊。人型承受爆風，遠遠地飛舞至高空，看起來並沒有受到損傷。眼見這幅光景後，伊莉莎白皺眉，雙手環胸。

「唔，雖然應該跟原本差很多，但余記得那個形狀喔。人類形狀的肉……原來如此，『君主』似乎是分離了啊。」

「分離？」

「是打算防止被一起當成活靶吧。以區區肉塊狀物體來說，幹得不錯啊。這是拜生存本能所賜呢。」

伊莉莎白如此點頭。拉．謬爾茲追蹤人型，以異常流暢的動作轉動脖子。然而由於敵人動作迅速，射線一直沒有確定下來。

（她是固定砲台。）

不適合用來對付動來動去的目標。

突然有紅箭射向人型，在街上待命的眾聖騎士似乎改用魔法進攻。不過人型輕飄飄地移動，從紅箭正上方通過。不知對方做了什麼，攻擊突然中斷。這幅光景看起來有些傻氣，卻也因此有著詭異的感覺。

櫂人感到一股寒氣從背脊向下竄。伊莉莎白搖搖頭做出宣言。

「靠那些傢伙是行不通的，由余來獵殺那東西吧。」

哥多．德歐斯點頭同意。在他身旁的司祭使用聯絡裝置——恐怕是向其他部隊——傳達暫緩攻擊的命令。在這段期間，人型也不斷變大。

櫂人感覺不對勁而皺起眉心，總算有所察覺。

（不對！不是變大！是朝這邊接近！）

同一時間，哥多．德歐斯爆出緊繃聲線。

『守護拉．謬爾茲！』

聖騎士們一齊動了。拉・謬爾茲正在裝填下一發砲彈，他們則是用井然有序的動作圍住她的四周，數名司祭站到那邊的周圍。

瞬間轟隆一聲，巨大人型從櫂人他們的頭頂通過。

平坦腹部上浮現犧牲者們的臉龐。

櫂人抬頭望向那些臉龐，感到毛骨悚然。

他跟所有人四目相接。

他們正在嗤笑。

（——————！）

櫂人衝動地躍起。

『哦！判斷得不賴嘛。』

他在耳朵深處聽著「皇帝」像是諷刺的讚美，踹向下意識——用黑暗漩渦與蒼藍花瓣打造而成的立足點。櫂人將手伸向人無法輕易碰到的位置。

他用獸臂掃向排列在頭頂上的臉龐。許多張臉被擊潰，鮮血一起飛散。

除了櫂人撕裂的那一列，其他臉同時張大嘴巴。

血色唾液雨一般灑向聖騎士們。

「啊，啊，啊啊啊啊啊啊啊啊啊啊啊啊啊啊啊啊啊啊啊啊啊啊啊啊啊啊！」

現場發出淒絕的慘叫聲。被攻擊命中，聖騎士們的鎧甲淒慘地融掉了。周圍一帶飄散惡臭，唾液貫穿金屬、血肉還有骨頭，甚至在地面上開出洞穴。

駭人光景讓櫂人咬住唇瓣。然而，他立刻從已經沒救的眾犧牲者那邊移開臉龐，轉而確認損害狀況。

拉．謬爾茲平安無事，她四周被司祭們的簡易結界守護著。而且眾聖騎士高舉——藉由他們供給的魔力——祝聖又強化過的盾牌，密不透風地蓋住她的全身。

人型發出轟隆聲響，用鯨魚露出腹部的動作通過山丘上方。它在後方翻了一個筋斗後返回這裡，再次試圖逼向拉．謬爾茲。

就在此時，現場「喀」一聲響起高跟鞋的清脆聲音。

貌美女孩跟人型面對面，以這種形式站於山丘上。

「好久不見了啊，『君主』。看你變成這副模樣，著實醜惡又難看不是嗎？」

「拷問姬」烏黑柔亮的秀髮飄揚，與自己應該要獵殺的惡魔對峙。

浮現在人型腹部的眾犧牲者的臉龐——發現她後——瞪大眼睛。就像在代為表達「君主」的心情，他們發出動搖與憎惡的叫聲。

『伊莉莎……白白白白白，伊莉莎白啊啊啊啊啊啊啊啊啊啊啊啊啊啊啊啊啊啊啊啊啊啊啊啊啊啊啊啊啊啊啊啊啊啊啊啊啊啊啊呀呀呀呀呀呀呀呀呀呀呀呀呀！』

男人的聲音、女人的聲音、老人的聲音、小孩的聲音、野獸的聲音。

犧牲者們的咆哮聲響起。

「可悲醜陋又無力的人們啊，稍等一會兒。要摘去你們的性命用不著花多少時間喔。」

伊莉莎白有如將那些叫聲當作喝采，抽出了「弗蘭肯塔爾斬首用劍」。她一邊散布紅色花瓣一邊旋轉長劍，然後忽然停止。她用銳利的劍尖指向「君主」。

像是下令執行死刑似的，她大喊：

「優秀的處刑者！」

王都建築物上空捲起黑暗與紅色花瓣，朝地表吐出某物。發出轟音的同時，閃閃發亮的金屬也跟著落下。尺寸與形狀都各有不同的塊狀物以一百、兩百的數量不斷累積。

它們的真面目是大量利刃。

菜刀跟剪刀，以及小刀與長槍，以刻意的形式不斷相疊。一個個形狀不同的利刃以藝術般的平衡感組合在一起。

不久後，利刃巨人完成了。

它的胴體是用各式各樣的利刃造出來的。而且，右臂裝飾著巨大的斷首斧，左手則是被斬首用劍妝點。

利刃巨人——用意外纖細的動作——撐起身軀，然後揮出斷首斧。就像被肉販用上菜刀，人型猛地縱向裂開。然而被分成左右兩邊後，它卻輕飄飄地試圖逃離現場。

在那瞬間，它的身體裂成四塊。

巨人——用快得看不清的速度——以斬首用劍掃出攻擊同時斬向兩個肉片。

肉甚至來不及逃，不斷被斬裂。變小的肉片失去力量，輕輕落在石板鋪面上。巨人迅速地將它踩扁。

櫂人眺望單方面的蹂躪，忽然發現一件事。

（「優秀的處刑者」跟「斷頭聖女」一樣都不是拷問器具，而是處刑用具。）

利刃每閃出一次，犧牲者們的慘叫聲就會變小。每揮出一擊，直線上的臉就會死去，因此給予的痛苦總量似乎意外地少。

要迅速斬斷生命時，伊莉莎白就會動用這兩種器具吧。

不久後，「君主」——與當初相比——變成晚餐的牛排肉那種程度的大小。

殘留的肉片中央突然——有一張臉——向上隆起。臉龐帶著身體——是如何放進裡面的呢——有如牙齒鬆脫那般濕黏地掉到石板鋪面上。

那是「君主」隱藏起來的本體。

跟以前櫂人目擊的「大伯爵」之物不同，它變成肌膚融解、實在不像人類的外形。「君主」垂著脖子——像在等待死期來臨——一動也不動。利刃巨人舉起腳打算給他最後一擊。

（等一下，那個！）

櫂人突然想到某事，彈響手指。

『又在思考扭曲的事情了不是嗎，小鬼？好，這次吾就動手吧。』

「皇帝」回應櫂人的召集，從空中現身。用鋼鐵般的腿部踹向地面後，他奔至「君主」身邊。於千鈞一髮之際奔過巨人腳底與道路之間的空隙後，「皇帝」從旁邊咬住「君主」脖子脫離現場。

巨人發出聲響，踩裂空無一物的路面。

最頂級的「獵犬」活捉了君主。

獵物被奪走，伊莉莎白反射性回頭望向櫂人。

「你究竟有何打算，櫂人？」

「我有一個想法，可以將那東西交給我保管嗎？」

櫂人如此訴說。伊莉莎白狠狠瞪視他，目光中甚至灌注了殺意。周圍的騎士也將疑惑的眼神投向這邊。然而，櫂人卻毫不膽怯地斷言：

「那東西沒有逃跑的力量。雖然還不能說要用來幹嘛……不過萬一這次無法削除肉塊，我覺得就有必要用到他。」

「就算這樣，你打算擁有第二隻惡魔嗎？」

「我不打算訂下契約。關於管理這件事就交給聖騎士吧，如何？」

「——這真的是必要之舉嗎？」

「是必要之舉。」

伊莉莎白如此問完，櫂人用認真的表情點了頭。他與她互相瞪視。不久，伊莉白似乎是領悟到櫂人不會屈服，於是咂了嘴接著嘆道：

「雖然不知道你打算做什麼，不過捉住他確實有好處，余就准了吧。不過別不小心讓他逃掉喔。喂，哥多·德歐斯，『君主』要活捉。」

『正如伊莉莎白所言，捉住惡魔確實有其價值。如果要置於教會監視下，我就准許這件事吧。』

兩人如此說完，櫂人點點頭。或許是不喜歡吵死人的七嘴八舌，等人類做好決定後，「皇帝」將「君主」拖了過來，融掉一半的男人被銜在嘴裡一動也不動。確認好如何處置他後，騎士們從拉·謬爾茲身邊離開。

伊莉莎白也將利刃巨人——或許是因為跟肉塊本體對峙不夠大——變回紅色花瓣。拉·謬爾斯打算再次展開砲擊，鳥正要從她口中飛出。

在那個瞬間，櫂人不由得瞇起眼睛。

他覺得失去「君主」的肉塊表面似乎在蠕動。

下個瞬間，傷口有如沸騰般大大地起泡。肉滑順地隆起，描繪出眼、鼻還有嘴脣。纖維在那上方如蜘蛛網延伸，大範圍編織出肌肉。

在那之後，完成了一張肌肉有著詭異鬆弛感——卻微微殘留雕刻般的精悍感——的男人臉龐。

那東西張開厚脣。

——吼！

陰暗的喉嚨深處釋出灰色咆哮。

聖騎士們瞬間舉起盾牌。他們以合作無間的動作從帶有顏色的空氣漩渦中護住拉・謬爾茲，司祭們也迅速展開簡易結界。這一連串的因應做得很確實。然而被咆哮裹住的瞬間，他們就有如斷線人偶般倒伏在原地。

即使如此，其他聖騎士仍盡力不表現出動搖，繼續冷靜地應對狀況。

「第二隊，向前！」

配合伊莎貝拉的指示，其他聖騎士舉起盾牌——帶領數名司祭——站到拉・謬爾茲身邊守護她。同一時間，治療師們則與護衛一同負責回收倒地的人們。然而，確認平安無事撤至小丘山坡的人們的狀況後，伊莎貝拉皺起眉心。

櫂人跟她一起探頭檢視後，也歪頭露出困惑表情。

「只是在……睡嗎？」

「嗯嗯，正是如此。究竟發生了什麼事？」

倒地的聖騎士與司祭們只是在深深地沉眠而已。雖然沒有性命之虞，卻也沒有要醒過來的感覺。

伊莉莎白在原地單膝跪下，確認眾聖騎士的脈搏與呼吸。

「唔，或許是讓人睡著的魔法啊……雖然被咆哮裹住，但拉．謬爾茲卻——」

就在此時，異變發生了。

山丘上響起扭曲的笑聲。

嘻嘻……嘻嘻嘻……嘻嘻……呵呵……呵呵呵呵呵呵呵。

這是在戰場上不應該聽見的聲音。而且比任何事都要異常的是它的出處。

舉著盾牌的聖騎士們怯生生地回頭望向聲音的主人。

拉．謬爾茲——

簡直像個孩子般笑著。

拉．謬爾茲相當天真無邪地發出「擁有意志」的笑聲。

就在此時，櫂人總算察覺她還是個年輕女孩的事實。是有什麼開心的事情呢？拉．謬爾茲著實覺得很好笑似的發出銀鈴般的聲音。

笑了一陣子後，她忽然歪頭。

「——尼，咿？」

在感覺不出有特定意義的話語之後，拉．謬爾茲張大嘴巴。

她將舌頭伸向前方，就這樣「喀」一聲閉上牙齒。擁有異常肌肉量的下顎毫不留情地使勁。

被咬斷的舌頭滑稽地在地面上彈跳。

為了正確理解狀況，在場眾人需要數秒鐘思考。

「拉．謬爾茲大人！」

治療師衝向她。然而，拉．謬爾茲頑固地不肯打開嘴巴。

數人抓住她的下巴，試著撬開。然而，到頭來只是以徒勞無功作收。

牙齒緊緊咬住，鮮血從縫隙中流出，弄濕純白色的拘束帶。

哥多．德歐斯望著淒慘光景，發出壓低的聲音。

『被擺了一道啊……不過，究竟發生了什麼事？』

沒有聲音回答這個問題。

拉．謬爾茲數度大口喝下自己的血，不久後全身痙攣，變得一動也不動了。

深沉的沉默充斥在山丘上。

櫂人再次確認現況。釋出一擊後，男人的臉龐就從肉塊表面上消失了。成功活捉「君主」，也對「大君主」與「王」造成相當程度的損傷。

（然後，教會的最終兵器拉．謬爾茲自殺了。）

展開在眼前的事實，這就是一切。

4 兩人的幽會

「拉．謬爾茲身上究竟發生了什麼事？」

「可能性最高的是精神攻擊。」

權人如此問道，伊莉莎白在床上蹺腳回應。

現在，兩人入侵了無人旅館的其中一室。

窗外已經變暗。

拉．謬爾茲突然自殺後，已經過了數小時。騎士團——這也是因為受到惡魔的攻擊，而且詳情不明——暫時選擇了撤退。

回到廣場後，權人製造用來裝「君主」的牢籠，將「君主」扔進監獄，並且照約定引渡給聖騎士們。他就這樣加入廣場巡邏與警戒任務，確認無需擔憂——或許是因為惡魔也受到很大的損害——來自侍從兵的襲擊。

另一方面，伊莉莎白則是與哥多．德歐斯進行緊急會議。盡了彼此的職責後，兩人再次會合——在伊莉莎白的提議下——離開仍亂成一片的廣場。

權人再次將拉．謬爾茲的——就現況所推測的——自殺原因放在舌頭上。

「……是精神攻擊嗎？」

「沒錯。正如伊莎貝拉所言，優秀的祭司們本來就擁有建立在祈禱上的神之恩惠。那些傢伙的肉體本身跟祝聖過的那些飾品一樣擁有力量。然而對手是『王』，而且還是對不帶有實體的精神進行攻擊……那就無法可擋了。」

伊莉莎白不悅地一屁股坐上塞滿水鳥羽毛又疊上毛毯的坐墊。就算在王都之中，這個房間也是屬於住宿費很昂貴的那一類個人房。待起來很舒適的寬敞空間裡，整齊地擺放著高級家具，因吊燈光線產生的影子——由於家具有將角削去之故——不管哪一道都描繪著圓滑的曲線。

櫂人無意義地輕撫書桌邊緣，疑惑地皺起眉心。

「伊莉莎白接觸過『大王』以外的惡魔吧？手中沒有什麼情報嗎？」

「你的意見雖然刺耳，不過這個余哪知道啊？如果知道，就會事先做好對策啊。」

「這樣說也是呢。」

「『王』跟『大君主』都沒有值得一提的能力……不，等等。試著這麼一想，或許『王』另當別論。」

「這是什麼意思？」

櫂人如此問道，伊莉莎白按住自己的額頭。或許是在對記憶——以弗拉德愛女之姿生活時的事——進行搜索，她瞇起眼睛。

「『王』優於武力，資質也很高，因此是在誇耀自己的能力……不過如今想想，那很有可能是在說謊。」

「說謊？也就是說，對同伴也說謊嗎？」

「嗯嗯，沒錯。」

「連弗拉德也騙嗎……『王』這麼不信任周遭的人？」

「不，恐怕也不是這樣。余說過吧，那傢伙生性愛誇耀武力。」

伊莉莎白搖搖頭。

在吊燈的光芒下，她雙手手指交握。

「『王』似乎很尊敬『皇帝』弗拉德。不過，他比任何人都瞧不起擁有只適合用來暗殺的力量的『總裁』。明明地位較低，他感覺上甚至會輕侮『大王』的精神操控能力……哎，就是因為這樣才會被趁虛而入，落到被那個女人扎針的下場啊。」

「考量到『大王』的個性，確實會利用那個破綻趁虛而入呢。」

「可悲的傢伙啊……『王』就是信奉武力到這個地步，因此單純只是因為對自身能力感到丟臉，才隱瞞周遭的人吧。想不到此事居然會在現在明朗化呢。」

櫂人想起浮現在肉塊上的巨大臉龐，那恐怕就是「王」。

肌肉無力又鬆弛的臉龐令人產生骯髒的印象。然而它的骨骼確實殘留著看似頑固武人的深邃輪廓。

櫂人在這裡產生一個疑問。

「假設『王』的能力是精神攻擊，為何挨上一擊的人們之中，只有拉．謬爾茲自殺呢？睡著的人雖然不曉得何時會清醒，不過呼吸跟脈搏都很穩定。」

「奇怪的地方還不只如此喔。拉．謬爾茲是最高司祭，身上有很強大的神之恩惠，而且她也沒有可以稱為意識的東西，因此對精神攻擊的抵抗力本來應該是最強的才對。然而情況卻是這樣，究竟是發生了什麼事呢？」

兩人雙臂環胸陷入沉思，答案卻沒有出現，能取得情報的對象也已不存在了。櫂人也早就問弗拉德記不記得與惡魔攻擊有關的事。

他發出嗤笑如此回答：

『這個嘛，我不知道呢。唔……都走到這個地步，居然還得挑戰有未知要素的敵人，事情開始變有趣了不是嗎？』

（看他開心成這樣，恐怕並沒有在說謊吧。）

櫂人如此心想，皺起眉心。真是廢到家了——他在心裡咒罵弗拉德。櫂人無視在口袋裡蠢動——是察覺到什麼了嗎——的石頭，繼續思考。

不久，伊莉莎白鬆開環抱胸前的手臂，深深地嘆了氣。

「就目前的情報量而論，就算思考也沒用啊。雖然也跟哥多．德歐斯建立起假設，不過受推測侷限也很危險喔。總之不管怎樣，惡魔確實被大大地削去不少。」

「嗯嗯，這是拉．謬爾茲留下的戰果呢。」

「利用這個好機會，明天早上『拷問姬』將會親自上陣討伐惡魔。因為如果沒有拉．謬爾茲級的砲擊火力，就算從外面削除肉塊，給予的損傷也無法追上惡魔的回復力吧。而且也有可能因為遠距離的精神攻擊而重蹈她的覆轍……因此余要前往已經弱化的『王』與『大君主』那邊，直接討伐本體。」

「啥？」

伊莉莎白突如其來的宣言，讓櫂人不由自主發出聲音。她皺起眉，就像在說櫂人很吵似的。他動著腦筋，繼續開口叱責：

「妳瘋了嗎？在想什麼啊？連對手會怎麼出招都還不曉得耶！而、而且啊，等一下。」

櫂人連忙按住額頭，拚命重複「直接討伐本體」這句話。

扭曲光景浮現在櫂人的眼皮底下。

（肉塊周圍有數公里染成了灰色。）

侵蝕範圍內的建築物有如變質的紙張風化，有時還違反物理法則改變為——泡粒狀或玻璃質狀的——形狀及材質。就像被刀子切下似的，在那條線的另一側完全化為異質空間。

肉塊以不同於物理性侵蝕的另一種形式啃食著周圍。

（世界正在「被破壞」……那裡面究竟變成怎樣了？）

「拷問姬」伊莉莎白．雷．法紐以絕對性的力量為傲。

至今為止，她順利地屠殺著十四惡魔。即使如此，她應該也不曾進入那種異樣空間。

「惡魔造成的世界『破壞』，應該是這回第一次確認的事態才對。要侵入那邊，就算是妳也是自殺行為吧？」

「確實，目前並沒有嚴重侵蝕範圍內變成怎樣的相關情報。然而敵人已經開始修復，不久也會再次開始收集痛苦吧。愈放著不管，被害者就愈會增加，形成對我方不利的局面。」

「可是！」

「余現在並沒有挨到『活祭品咒法』。光就實力而論，是我方占上風。現在不挑戰，要到何時才過去呢？而且，欸，回想起來吧，櫂人。」

說到這裡時，伊莉莎白停止說話。她用銳利眼神射穿櫂人。

他不由得屏住呼吸，伊莉莎白用極認真的口吻繼續說：

「這場戰鬥一旦結束，余就註定要接受火刑，因此教會可以命令余這隻母豬把生命放上天秤衡量。然而，他們也很難將其他人送進侵蝕範圍內吧。這個指示很隨便，余也沒有怨言跟異議。不過余打算贏，就只是如此罷了。」

她淡淡地如此宣言後，櫂人握緊拳頭。

「皇帝」也說過的事實重重壓在他身上。

胸口忽然捲起糾葛漩渦，櫂人不知該如何將它化為言語。

（快逃這句話我說不出口，不能棄現在的王都不顧。）

而且他也完全理解「拷問姬」的種種殘酷行徑，也實際見過刻劃在伊莉莎白故鄉的虐殺痕跡。對於罪行，本來就需要合乎比例的處罰。
跟權人本身也如此吼過的一樣，伊莉莎白應該替一切做個了斷，遵從自身誓言墜入地獄才對吧。
然而，權人如今卻在不一樣的地方做出結論。
（哥多・德歐斯已經不存在了，聖騎士們也受到打擊。如果是在一切結束後……）
他如此思考，之後就要看伊莉莎白肯不肯點頭同意了。然而，權人也知道一件事。
『余會殘虐傲慢有如狼一般高歌生命，最後像母豬一般死去。』
『──────余是這樣決定的。』
沒錯，伊莉莎白・雷・法紐不會逃走。
不論最後有怎樣的絕望跟痛苦等待著，她都打算負起人生的責任。
替自己糟糕透頂的人生負起全責。
伊莉莎白・雷・法紐應該會以「拷問姬」的身分負責。
針對這個事實想了又想──思考到了最後──權人抱住頭。
（不行……究竟要怎麼做──）
權人閉上眼拚命思考著。繼續想了又想，不斷苦思後，他猛然睜大眼睛。

然後，櫂人被沸騰的腦袋引導，就這樣做出著實奇怪又滑稽的提議。

「伊莉莎白。」

「幹嘛？」

「跟我去約會吧。」

櫂人覺得自己一輩子都不會忘記伊莉莎白那瞬間的表情。

對方只需露出表情就能罵自己：「你是笨蛋啊？」這可是打從出生以來第一次而且還很寶貴的經驗。

＊＊＊

「你是笨蛋啊？」

「到頭來還是說出口了。」

櫂人有料想到自己會被拒絕。不過要問這句話有沒有刺傷自己，是有被刺傷沒錯。

櫂人受到了一定程度的傷害，不由自主腳步踉蹌。在他前方，伊莉莎白無謂地玩著自己的黑色髮梢，似乎也意外地亂了手腳。

過了半晌，伊莉莎白抱怨般接著說：

「呃，該怎麼說呢，余不解其意。而且話說回來，你可是有新娘的人，邀別人去約會，余認為這樣真的不太好喔。」

「而且對象還是余，余認為這樣更是不太好喲。」

「這個啊……」

「還有這個啊……」

「啊，該不會是發燒了？你也挨了『王』的攻擊嗎？早點休息，別勉強自己喔，嗯？」

「怎麼辦？伊莉莎白第一次溫柔地對我。」

被體貼到如此地步果然很悲哀。

櫂人不由得仰望反方向。然而，他不能在這裡輕易投降。他勉強打起精神，再次訴說：

「別管了，走吧。就算不是約會也罷，要說成是什麼都行。現在就去街上繞繞吧。」

「這、這是決戰前說出的提議嗎？余實在覺得你不正常啊……呃，你真的沒事嗎？」

伊莉莎白從床上猛然起身，將白皙掌心貼住櫂人的額頭。看樣子她似乎是在確認有沒有發燒。很難想像人造人（魔像）的身體會感冒，不過對她而言，這似乎是足以讓她不由得感到擔心的言行。

那麼，要怎麼辦呢——櫂人如此思考。

（唉……的確，我也覺得自己不正常呢。）

如今這座王都正被惡魔蹂躪。這正是連侍從兵潛藏在何處都不曉得的狀況。

而且，據說伊莉莎白明天早上預定要前往死地。

櫂人的提議不管怎麼想都不是現在應該做的事情。

同時，他也領悟到只能趁現在做才行。

「在妳死後，我覺得自己會被異端審問，最後也會被宣告死刑。」

櫂人如此開口，就算是伊莉莎白也沉默了。

「拷問姬」身受火刑的命運，也附加著櫂人自身的殘酷未來。身為她的隨從，同時也是「皇帝」契約者的他，教會是不會饒赦的吧。

「所以，我想趁現在看一看王都。」

櫂人接著如此說道。這個心願與他的本意不同，卻也是毫無虛假的訴求。

畢竟前世的他是在令人感到氣悶的房間角落，被蒼蠅爬滿全身死去。

他心中有著看一看廣闊世界的願望。

伊莉莎白煩惱了數秒鐘。然而，她嘴巴開開闔闔後，深深嘆了一口氣。

「——明白了，余就奉陪吧。」

「嗯嗯，謝謝妳。」

櫂人對的回應點點頭後，伸出手。他像邀舞一般張開手掌。

伊莉莎白雖然心不甘情不願，還是將手疊上去。

櫂人用仍是人類之姿的右手握住白皙手掌。

然後，兩人將要走向夜晚的城鎮。

＊＊＊

「喝呀！」

「居然這樣。」

在櫂人面前，當鋪的門被猛力踹開。

紅色裙襬翻飛，伊莉莎白衝下短階梯。在月光照耀的微暗之中，她輕輕躍起，然後雙腳併攏同時著地。

伊莉莎白華麗地踹向石板鋪面後，回頭望向櫂人。

「如何，櫂人！不愧是余吧！你可以畏懼戰慄，渾身發抖地讚頌余喔！」

「是是是，很適合很適合。」

櫂人語氣有些平板地回應這句話。

伊莉莎白不滿地雙手扠腰。

那副身軀被——遠比平常的束縛風洋裝正常的——紅色連身裙包覆。那是連喉嚨一帶都做了高領，有著高雅造形的單品。然而，她再次原地轉了一圈後，大膽省去布料的背部露出了美麗的肩胛骨。

裙子的內側縫上大量花邊，有如薔薇花瓣輕飄飄地擴散。她停下腳步後，裙襬恢復成原狀。

伊莉莎白將手掌按上胸口，不開心地訴說：

「那個啊，不能用更熱情的口吻誇獎嗎！叫余換衣服的可是你啊！」

「哎，的確如此呢。」

「哼哼，就隨便進一間當鋪搜刮到的東西來說，這衣服還挺高級的不是嗎！跟換衣服還是一副窮酸樣的你不同，既華美又豪奢吧！你不這樣想嗎，嗯？」

裝飾著豐厚羽毛，當季流行的帽子歪掉了。伊莉莎白將它重新戴好後，挺起胸膛。

櫂人從頭到腳看完，發出沉吟，雙手環胸。

「的確很合適。」

「是吧？既然如此，還不更加用盡詞藻來誇獎余！明明只是隨從卻這麼囂張啊！」

「呃……我之所以叫妳換衣服，是因為我覺得穿著『拷問姬』的服裝晃來晃去，被別人撞見可能會很麻煩啊。」

「唔，余確實也這樣想喔，才會像這樣換衣服。」

「不過冷靜想想，我們幹的事明明就是趁火打劫，這麼高調好嗎？」

「少把人家叫成小偷喔！任性的傢伙啊！」

伊莉莎白發出貓一般的嘶叫聲如此怒道。雖然被伊莉莎白這樣罵，不過想不到她居然會選擇如此華麗的衣裳——由於不記得她有這種喜好——櫂人感到有些意外。

（嗯——在路上撞見聖騎士的話，要找什麼藉口呢？）

他如此煩惱著。另一方面，伊莉莎白對某事——恐怕是要不要拿出拷問器具的這件事——迷惘了一會兒後，冷哼一聲。她催促般用高跟鞋踩響石板鋪面。

「那麼，接下來你究竟打算幹嘛？」

「嗯？」

「不是『嗯？』吧，殺了你喔。」

伊莉莎白按住額頭，深深吸氣然後吐出。

再次用單手調好帽子的角度後，她噘起嘴唇。

「雖然這是一個蠢得無可救藥的荒謬情況，不過既然余說要奉陪，就已經做好覺悟了，好好地開心吧。雖然不曉得是不是什麼約會，不過余會陪你去你想去的地方喔！感激余的慈悲吧……那麼，你想去什麼地方？」

「呃，說到具體的地點，我沒什麼想法呢。」

「說真的，你以為自己是誰啊，殺了你喔！」

伊莉莎白理智斷線，發出貓一般的嘶叫聲。然而即使她這樣說，櫂人也幾乎沒有關於王都的知識。就算是前世，他也等於沒有自由上街走動的經驗。

這種人要想像自己想去的地方是有難度的。

「呃，這個呀……」

櫂人率直地如實告知，伊莉莎白「唔唔唔」地皺起眉點點頭。

不久，她喪氣地垂下雙肩。

「哎，畢竟你有那種前世，所以余姑且還是有好好地視情況斟酌從輕量刑喲。不過余說啊……」

「是的。」

「都自己先主動開口找別人約什麼會了……連自稱『拷問姬』的余都覺得這樣有點那個喔。」

「妳說得太有道理，我無話可說。」

「看你這副德性，沒多久也會被新娘甩掉吧。」

「小雛不會做這種事。」

「老實說，余也這樣覺得。」

「我娶到一個好老婆呢。」

「余深深覺得配你太可惜了。」

「別這樣說。那麼……反過來說，伊莉莎白妳有想去的地方嗎？」

「想去的地方，唔。」

伊莉莎白雙臂環胸發出沉吟聲。

從帽子垂下來的羽飾「啪沙」一聲蓋到那張臉龐前方。她裝模作樣地將它揮向上方，然而羽毛再次掉下來礙事。

啪沙啪沙啪沙啪沙啪沙！伊莉莎白跟羽毛格鬥了一會兒後，終於牢牢地抓住帽沿。

「哎呀，煩人啊！」

「竟然做出這種事！」

她將帽子像飛盤一樣高高地扔到頭頂。帽子一邊轉圈一邊落下，而且剛好——該不會是計算好的吧——掉在櫂人的頭上。

他連忙拿起帽子，垂下來的羽飾遮在前方。

伊莉莎白在羽毛另一邊咧嘴一笑。

潔白牙齒發亮，她純真無邪地做出宣言。

「好！那就去逛市集吧！」

＊＊＊

話雖如此，商業區已經被肉塊吞噬了。

主要的市集沒辦法逛。隨便靠近肉塊附近的話，可能會落得直接進入最終決戰的下場。事情變成這樣就太蠢了。然而，伊莉莎白有云，王都的真髓在其他地方，所以不會有問題。

「因為一般市民去的市集跟吾等去過的『伯爵』領地的市集規模雖然不同，感覺卻很相似，所以欠缺新鮮感。這次機會難得，就由余來帶你，讓你品嘗王都與異世界的妙處。」

她自信十足地說道，大步橫越住宅區，朝遠離原市集所在地的方向前進。櫂人老實地跟在她後方。

不久後，兩人來到位於城牆邊特別寂寥的一角。

櫂人與伊莉莎白一同停下腳步，環視周圍。

在眼前延伸的道路寬度莫名狹窄，連大路都有如巷子似的。其左右兩旁密密麻麻地排列著排除裝飾性的冷硬箱型建築物。就算在夜裡，仍然能感覺到這個角落有多缺乏色彩。看樣子並排在這裡的建築物是故意蓋成寒酸的模樣，與之前的街景大異其趣。

就在櫂人因異樣氛圍而露出困惑表情之際，他察覺到了某個奇怪的事實。

「欸，伊莉莎白。這裡的建築物沒有入口喔？要怎麼進出啊？」

「唔，果然還無法自行找出來嗎？哎，就魔法師而言，你還是個大菜鳥，跟外行人相比也沒多少差別，所以這也是理所當然的結果吧。」

伊莉莎白若無其事地瞧不起人，站到某座建築物前方。

用手指按住牆壁一角後，她釋出魔力。被黑與紅的漩渦推動，符合條件的那塊石頭發出聲響陷入內側。遠方響起各種機關運作互相結合的聲音。

現場「嘰」的一聲發出沉重聲響後，牆壁開啟了。伊莉莎白得意地哼笑，進入內部。小看妳了啊——櫂人如此低喃後，從她身後追了過去。

「唔！………哇！」

一踏入建築物，櫂人就露出愕然表情。

透過眼前的這個房間，他充分理解了「王都與異世界之妙」這句話語。

「這真是令人吃驚，真棒呢。」

「是吧？你可以感謝余的選擇喔！」

伊莉莎白挺起胸膛，櫂人率真地不斷點頭同意這句話。

室內牆壁發出七彩光芒，簡直像是進入巨大的旋螺貝裡頭。其材質莫名柔軟，以人類無法加工的形狀打著波浪。有一部分自然地突出至半空，被當成岩架裝飾著無數生物的骨骸。

逐一掃視後，伊莉莎白在其中一件物品上停下目光。

「幾乎所有物品都被店主帶著逃走了啊。不過，果然還是有東西放在裡面。櫂人你看這個。」

「嗯？我看看。」

伊莉莎白拿下掛在蜥蜴肋骨之間——看來骨頭是用來裝飾商品——的鎖鍊。纖細銀圈環環相扣，前方連著放了花瓣的小瓶子。

「只有一瞬間啊，看仔細喔。」

伊莉莎白如此說完，在櫂人鼻頭拔掉小瓶子的瓶塞，混合花瓣的風吹上他的臉龐。在那瞬間，櫂人確實感受到柔和香氣與空氣被太陽照耀的暖和感受。

「這不是人造物啊……是春天的風嗎？」

「正是如此喲！你還挺懂的嘛！正如你所言，這個小瓶子裡面封入了春天的空氣。」

「是喔，這個很有趣呢。」

自然的暖意一下子就消失了。然而花瓣還是在捲動著小小的漩渦。

櫂人輕戳它。漩渦就像討厭手指似的左右搖動，咻啵一聲自行飛入瓶中。伊莉莎白重新栓緊瓶塞。

「這是與魔法師隨從一起過來的送給貴族的伴手禮喔。與一般飾品相比雖然昂貴，不過由於它不實用，以魔道具而言是便宜貨就是了。所以店主離去時才會將它留在這邊吧。除此之外……嗯？這個忘了拿走啊。」

「那個是？」

「你拿看看嘍。」

伊莉莎白從狼的頭蓋骨的嘴巴拔出藍色器皿。

櫂人從她手中接下那個東西。器皿不是用釉藥上色之物，而是素材本身就是以藍色的某物打造而成。它看起來雖像是從礦石中挖出來的東西，不過輕得出奇。

有如用掌心裹住般將它拿在手上之際，櫂人漸漸感受到熟悉的感覺。

當時雖然不曉得，不過所謂的魔道具就是內側懷抱著飢渴與空虛之物。

櫂人透過野獸左臂將──器皿渴望著的魔力──注入其中。

「──溢（La）出吧。」

他如此低喃後，器皿中湧出水。相對的，內側則是被深深地削除一圈。看樣子這並不是可以使用無限次的物品。然而就短程旅行的隨身物品而論，這個就綽綽有餘了吧。

喔喔──櫂人發出佩服的嘆息聲。

「真方便啊，畢竟提水可是很辛苦的呢。」

「這裡沒有弗拉德城堡裡的那種正式的魔道具就是了。特別是用來攻擊的物品，不是擅長黑魔法的人就很難做出來。不過嘛，也只有王都能弄到這種程度的魔道具喔……還不只如此喲。」

從櫂人手中接過器皿後，伊莉莎白將水一飲而盡。她「喀」一聲將空器皿重新嵌回狼的下顎。

伊莉莎白猛然轉身，紅色連身裙翻飛。

櫂人瞪著眼凝視曲線畢露的白皙背部。

她只將臉轉過來，有如喜歡惡作劇的貓笑了。

「好好期待吧，這條『魔法師大街』上還有其他有趣的東西喔。」

確實，正如伊莉莎白所宣言。

每繞到一座她介紹的建築物，櫂人就會大吃一驚。

＊＊＊

以魔道具店為始，兩人看了各式各樣的東西。

以發條跟螺絲、彈簧跟齒輪、琥珀跟鐵打造而成的機械機關鳥群。

裝在五顏六色的陶器中的種種治療藥跟解毒藥，或是強效藥物。

被變形成一般來說絕無可能的各種寶石加工品。

特別是在藥草店，他們花時間開始進行某項挑戰。

「如何，櫂人？好吃嗎？」

「我、我有一種非常好吃的感覺，卻也覺得很難吃。」

櫂人咀嚼著三明治如此回應。他正在吃將隨便切開的胚芽麵包中夾了燻雞胸肉，以及不明藍綠色膏狀物的食物。

那是擅自侵入廚房，試著將貼在藥草店牆壁上寫著「你也可以從今天開始實行的藥草生活！」的食譜重現——因為伊莉莎白說她想做看看——的一道料理。然而開口提議的伊莉莎白卻拒絕試味道，所以先由櫂人嘗試。

結果就是這種實在很曖昧的感想。

伊莉莎白一副無法接受的模樣皺起眉心，發出沉吟。

「好像很好吃卻又很難吃是怎麼一回事？一點都搞不懂耶。」

「靠我的笨舌頭很難解釋，妳試吃一口就行了吧？」

「唔，啊——」

「來！」

櫂人遞出三明治後，伊莉莎白一副輸給好奇心的模樣從櫂人手中咬了一口。意外大膽啊——櫂人感到佩服。

嚼了一陣子後，伊莉莎白著實喪氣地吞下嘴裡的東西。

「……酸酸的又爽口，味道圓潤又濃厚，風味豐富。每一個特徵都不壞，不過全弄在一起合體卻成了大慘案。再加上麵包跟燻肉的乾燥口感，實在是令人失望又喪氣。」

「妳的食記果然厲害呢。」

「唔，這是做法有誤吧？跟你的料理味道很像喔。」

「我被不著痕跡地看扁了。」

「總之這是難以理解的東西。不過妥善使用的話，或許有可能從這道料理中發現各種新味道。」

伊莉莎白輕巧地坐上古老木製吧台的桌面。她優雅地蹺腳，握住仍打開的瓶子。

櫂人也點頭同意這句話。

「帶一瓶回去給小雛的話，或許她能做出有趣的料理呢。」

「唔，把這個也加進伴手禮吧。」

「好喲。」

關緊瓶蓋後，伊莉莎白將它放進——在途中的雜貨店擅自拿來的——結實的皮袋裡。那裡已經塞了封入春風的小瓶子、蝴蝶發條玩具以及茶葉，而且裡頭還加了倒入熱水就會劈哩啪啦出現爆裂輕響的乾燥果實。

她彈響手指，從空中取出硬幣。伊莉莎白按照店裡的指示，將同樣的金額放到吧台上。

「余要用櫂人的薪水支付喔。」

「好喲。哎，反正存下來也沒特別的用途就是了。」

在當鋪之後，兩人都會將拿走的物品費用放在店裡面。錢幾乎都是從櫂人的薪水中支付的。然而，裡面也有伊莉莎白自掏腰包購買的東西。現在她也伸直背脊，從吊在吧台上方的櫃子裡拿新的瓶子。

閱讀記錄在紙卷裡的說明後，她在櫂人的硬幣旁邊排放了自己要付的費用。

「唔，這個乾燥香菇就當成余送的伴手禮。獨特的辛辣味似乎很適合用來炒菜，而且好像也可以期待它促進健康的效果呢。」

「喂，那邊的好像很好吃，我也要選那邊。」

「蠢材！小雛好感度已經達到最高數值的傢伙，少說這種奢侈的話啊！不知道是成功還是失敗的物品全都交給你，我只選看起來會中大獎的東西喔。」

「我也想讓小雛開心。」

「哈，對方可是小雛耶！只要是你跟余送的伴手禮，不管是什麼她都會開心吧。」

「確實是這樣呢。」

櫂人想像小雛開心的模樣，不由自主露出微笑。伊莉莎白也沉穩地點點頭。

選完伴手禮後，他們平分吃光了三明治。

櫂人對無人的吧台低頭說了句「謝謝招待」。伊莉莎白果然覺得很難吃似的灌了一大口水。

「嗚嗚，總覺得有點噁心呢。嗯？等一下。東西難吃也沒差的話，由你全部吃掉不就好了嗎？」

「呃～～只交給我不公平吧。」

要公平啊——櫂人點點頭。

伊莉莎白輕輕踢了他的腰部後，走向外面。

雖然口中抱怨，櫂人還是——跟平常一樣——追上那道背影。

＊＊＊

離開藥草店來到外面，夜色已經加深，滿月的位置也改變了。然而這些變動跟櫂人前來的異世界之物是否一樣，他無法做出判斷。

（說不定月亮本身只看起來很類似，其實是另一種東西啊。）

不過月光確實比剛才更加清澄明亮。

伊莉莎白全身沐浴在那片銀光下，喃喃說著：

「走一會兒吧。」

櫂人他們無言地走路。離開「魔法師大街」後，他們回到住宅區。

櫂人在平穩傾斜的道路上追著伊莉莎白的背影，順著路往上走。他不曉得她要去哪邊，然而周圍的光開始變得眼熟了。

（這裡是……）

不久後，櫂人他們抵達拉·謬爾茲自殺的山丘。

墓碑盈滿凝重的沉默，排列在微暗之中，冰冷石塊露出一副「白天的慘狀與我何干」的表情。不只如此，它們看起來甚至忘了自己下方隱藏著屍體的事實。

大步而行後，伊莉莎白在開闊的草地上坐下。

她毫不猶豫地從輕輕展開的裙襬下伸出白皙玉足，抱住雙膝。櫂人也豎起單膝，與她並肩而坐。

兩人俯視街道。

在他們的視線前方，黑壓壓的肉塊就算在夜裡也蠢動著。

不久，伊莉莎白開了口。

「……滿足了嗎？」

「嗯嗯，滿足了。」

面對簡單扼要的問句，櫂人如此回應。她無言地點點頭。

涼爽的風輕撫兩人的臉頰。權人從那裡面聞到濃厚的腐臭味與鐵鏽味，然而他刻意不提及此事。

相當靜謐的時間流逝而過。

伊莉莎白俯視邪惡肉塊，以傻眼的語調囁語。

「……那麼，在這種異常狀態下，你真正的目的究竟是什麼？」

「我想做的事已經做到了喔，送給小雛的伴手禮都收集好了。」

「哈，你想在王都湊齊送給新娘的禮物嗎？只是這樣啊，你這個真誠的傢伙。」

「為了把這些東西交給她，伊莉莎白也一起回去吧。」

她倏然閉上嘴巴，權人探頭窺視她的側臉。就像在說自己察覺到此事似的，伊莉莎白浮現苦澀表情。即使如此，權人仍毫不膽怯地接著說：

「都買伴手禮了，不回去是不行的吧。」

伊莉莎白還是什麼都沒說，就在權人打算繼續重複時。

她輕輕吐出氣息，放鬆全身的力氣。伊莉莎白展開雙臂，整個人倒向後方。不久後，她低聲說出跟權人的訴求毫不相關的事情。

「你看，權人。」

「看什麼？」

「星星是如此明亮——地上的慘劇簡直像在騙人似的。」

伊莉莎白用作夢般——卻有點不像她——的口吻如此囁語，沒再繼續說下去。櫂人推敲了一會兒這陣沉默的意義後，再次開口：

「我有說這是約會啊……這樣聽起來很奇怪，不過我不想自己一個人，而是跟妳一起逛王都。」

「為何？」

「因為我想看看妳是怎樣的人。」

「怎樣是指？」

「我想確認面對明天那場不知結果會如何的戰役，以及絕對會等在後面的死亡，妳會如何度過這一晚……然後，妳主動選擇要送伴手禮給小雛。妳說自己想確實讓她開心。」

伊莉莎白的回應中斷了。

這次櫂人沒看那張臉龐。他瞪視遠方的肉塊，接著說：

「如果是打從心底接受死亡的人、放棄生存的人，不會做這種事吧？其實妳也想要回去吧？」

「……欸，櫂人。」

這不是櫂人預料之中的拒絕話語。溫柔聲音與衣物磨擦的聲響同時響起。

伊莉莎白似乎撐起身軀，再次抱住雙膝。

「你看看這邊。」

櫂人被如此呼喚後，反射性將臉轉向她。

然後，他倒抽了一口涼氣。

伊莉莎白將臉埋在自己抱住的雙膝，浮現沉穩笑容。

簡直像是對口出任性之語的孩子露出的那種笑容。

「你沒有殺害敵人以外的人，沒有殺害人民。你還沒有罪。無辜之人光是存在就得受罰是不公平的喔。這場戰役結束後，你就回城堡，然後帶著小雛逃走吧。現在的你應該擁有能不被抓到的力量。」

有一瞬間，櫂人不懂她對自己說了什麼話。

完全理解那番話的意義前，他就本能地開了口。

「妳在說什麼傻話！」

「不過不准殺人，也不准傷害他人。」

伊莉莎白忽然發出尖銳的聲音，表情一變，變得像是高傲的武人。她嚴厲地以「拷問姬」的身分向櫂人發出命令。

「這是你的主人『拷問姬』最後的命令。」

「…………伊莉莎白。」

「不要屈服於惡魔的誘惑。覺得快輸掉時，就自絕性命——傷害諸多事物，被世界憎恨，一直背負罪孽也是很沉重的命運。」

這段話愈是到後半段就愈是柔和地潰散。

伊莉莎白祈禱般閉上眼，用輕細的聲音繼續說：

「……對你來說，這實在是不堪負荷喔。」

伊莉莎白輕盈地搖曳黑髮，抬起臉。她閉著眼睛，就這樣仰向天空。

「星星很明亮，地上卻響起慘叫。」

「那又怎麼樣？」

「就是這樣。如今吾等雖然度過愉快的時光，不過至今為止發生過的事情，以及接下來要發生的事情都不會有所改變。」

「為何要這樣……」

「以人們的痛苦為喜悅，慘叫就是快樂。余選擇了這種生存方式。既然掃光盤中佳餚，就應該把帳付清──容許這般行為會扭曲人世。余自己也不容許此事發生。」

伊莉莎白忽然睜開眼皮，櫂人不由得啞口無言。

那對紅眸裡沒有迷惘也沒有恐懼。也像是寶石的完美瞳眸，清澈到瘋狂的地步。

「在拷問的最後用自身慘叫當作裝飾，墜入毫無救贖的地獄。直至此時，拷問者的生涯才算完結……在這座王都裡也已經備齊適合這個結局的舞台了。」

「適合的……舞台？」

櫂人被那對眼瞳的美麗吞噬，如此反問。

她深深點頭。伊莉莎白再次面向肉塊後，開始述說：

「王國騎士是王的所有物，聖騎士是教會的所有物。雖然教會專門對付惡魔，卻也得到允許可以擁有強力的武裝。因為在這個世界裡，教會的地位在王之上。」

「……這樣啊。」

「王即位時需要教會的許可。然而說到教會是否為完全獨立的組織，卻又不是這麼一回事。教會與歷代之王的統治有著密切的關係，但教會的判斷也會受到國家時世的影響。如今國家處於動盪不安的局面，就算驅逐所有惡魔，人們也回到王都裡，還是得花上漫長的歲月，經濟與流通才能完全恢復吧。」

櫂人點點頭。他明白這個世界一部分的支配結構，以及今後等待著人們的試練。

伊莉莎白再次淡淡地說下去。

「而且與惡魔的戰鬥是在民眾看不到的地方就這麼閉幕。無法實際感受到恐懼離去，人民就無法抹去不安，所以需要一個儀式通過這個階段。」

櫂人頓了一拍後，瞪大雙眼。

雜亂無章的話總算連接起來了。他自然而然地理解她口中那句「適合的舞台」的含意。

「該不會那是——」

「為了讓人們團結，最有效的就是設定共同的敵人，讓他們擁有排除敵人的意志。『拷問姬』殺得太多了，其火刑正適合用來當象徵。」

伊莉莎白眺望肉塊，就像在注視自身的終結。

她的美麗脣瓣浮現自嘲的微笑。

「施行高壓政治之人會被殺掉，暴君會被吊死，虐殺者則是會被殘殺——這是為了人民啊。」

事情就是這麼一回事，伊莉莎白柔和地低喃。

這樣是正確的。

櫂人用力握緊拳頭。他想大叫些什麼，但這股情感沒有化為語言。

櫂人用力閉上眼睛，重複思考以前想過的事。

（有什麼地方錯了。）

雖然不曉得是什麼地方錯了，不過這種事絕對很奇怪。他緊咬脣瓣，搭向哥多・德歐斯的話語也在耳朵深處如鞭炮般陸續炸裂。

『如果你們很強——【拷問姬】打從最初就不會誕生不是嗎？』

『說到【拷問姬】是善是惡嘛，她當然是惡。向被殘殺那一方的人們求助，要他們幫助殺害自己的人真的很荒謬。說到底這只是被伊莉莎白召喚出來的【我】的任性，是【我】自己的事。』

『我是在說幫助我的人既非英雄也不是神明，不是信仰也不是你們啊。』

『而是【拷問姬】——世上最邪惡的女人。』

（為什麼，為什麼，為什麼，為什麼——為什麼？）

——這是為什麼？

就在此時，櫂人忽然察覺到一件事。

在他內心深處，還是小孩的自己正在大吼。不論被踢、被燒，被揍、被拔牙齒都不會流下半滴淚水的少年正在大聲哭喊。

就像只有這件事絕不允許。

他說好不容易才有了自己的英雄。
他說，為什麼要奪走她呢？

他說，她幫助了我。
從絕望告終的人生中救了我。

他說，只有她救了我！

櫂人張開嘴，然後又閉上。他打算說些什麼。
猜想到伊莉莎白的意志後，櫂人試著跟年幼的自己講道理。然而，不論是反駁或大道理
——甚是是任何一句話——都沒從他的口中說出。
不久後，櫂人輕輕握住哭個不停的自己的手。
（我知道喔——嗯嗯，我知道啊。）
瀨名櫂人在異世界初次相信人，得到了家人。
他終於得到了自己的人生。
賜予此物的是誰呢？在兩個世界中唯一幫助自己的人是誰呢？
（我的心情也一樣喔。）

在這個瞬間，櫂人靜靜地做出某個堅決又沉重的覺悟。

為了自己的英雄，他下定了決心。

櫂人從滲血的脣瓣上輕輕鬆開牙齒。

那張臉從至今為止充滿混亂與怒意的表情變得截然不同。

伊莉莎白沒發現這件事。他朝著她的側臉繼續說著獨白似的話語。

「只有妳，幫助了以前的我。」

「……這是在說什麼？」

「不是神明也不是英雄拯救了一味受到折磨，像蟲子一般被殺掉，最後絕望而死的我。這種東西都去吃屎吧。」

在對神明信仰很深的這個世界裡，櫂人撂下著實大逆不道的話。

他直率地、毫無迷惘地接著說：

「從地獄中救出我的人，就只有妳，『拷問姬』伊莉莎白·雷·法紐而已。」

伊莉莎白瞪大眼睛。她真心沒料到會有人對自己說這種話吧。她罕見地露出打從心裡吃驚的表情，就這樣眨了幾下眼睛。然而，不久後伊莉莎白的唇瓣立刻浮現淡淡微笑，然後搖了搖頭。

「……還以為你要說出什麼話呢，你是笨蛋嗎？別誇張了。那只不過是偶然又一時興起的作為罷了，就算被你感恩，余也只會感到不愉快。」

「不論是偶然還是一時興起都無所謂。欸，伊莉莎白，我說過吧？我會盡可能陪伴妳，直到妳踏上前往地獄的道路。」

「嗯嗯，是有說過。怎樣了嗎？時候終於到了，就只是這樣吧。」

「那個時刻還沒來臨。」

櫂人斬釘截鐵地如此肯定，莫名有力的斷言讓伊莉莎白皺起眉心。櫂人——以在結婚典禮上起誓般的真摯情感——開了口。

「我絕對不會讓妳死掉。」

伊莉莎白臉龐一僵。她打算說些什麼，但櫂人無視這個舉動並起身。他將裝了要給小雛的伴手禮的袋子塞給伊莉莎白。

然後就這樣一口氣衝下山丘。

「喂，等等，櫂人！你在打什麼主意！」

伊莉莎白大叫，不過櫂人沒把制止的話聽進去就跑掉了。

他要前往的地方唯有一處。

就是關著「君主」的廣場。

＊＊＊

雖然再次被負責警戒四周邊緣的眾聖騎士瞪視，櫂人仍抵達了廣場。

他目不轉睛地觀察司祭們布下的結界。他瞪著結界猛瞧，推測它的強度。沒多久，他感到滿意，然後請別人領自己入內——在對方擺出臭臉的情況下——順利地通過結界。

就這樣，櫂人朝為了不讓民眾看到而臨時設置布幕圍住的一角前進。

「君主」癱坐在——櫂人以魔力製成——帶有荊棘的牢籠裡面。聖騎士們對軟綿綿的姿態投以混了不安與厭惡的眼神，在旁邊監視。

櫂人被他們叫住前，彈響手指。

牢籠上空同時捲起黑暗漩渦，編織出韌性十足的肌肉與光滑毛皮。櫂人為了監視「君主」而事先悄悄留下來的異貌黑犬現身了。

「皇帝」懶散地趴著，輕輕搖尾巴。

『回來得真遲啊，不肖之主。』

「嗯嗯，我剛回來。」

聖騎士們因「皇帝」突然出現而感到吃驚，一起發出動搖的聲音。

櫂人無視他們，只是對自己的野獸發出呼喚。

「『皇帝』，果然得那樣做。要動手嘍。」

『真是恣意妄為啊，你這個蠢男人。然而這樣很愉快，所以吾也不在意喔。不過你要取得鼠輩們的許可，吾不愛耳聞吵死人的叫聲，吵吵鬧鬧的也很不愉快。』

「皇帝」從鼻子發出冷哼聲。櫂人點點頭後，回頭望向後方。正如他所料——或許是收到「皇帝」出現的報告——伊莎貝拉正從那邊拉起布幕現身。

「瀨名櫂人！就算是用來護衛好了，要設置惡魔也得事先經過許可才行！」

「伊莎貝拉，我有事情要拜託妳！」

面對叱責，櫂人先下手為強朝她丟出話語。含有懇求意味的句子傳向這邊，伊莎貝拉誠摯地閉上嘴巴。櫂人沒放過這個空檔，一口氣講了起來。

「請妳封鎖布幕，施放靜音魔法。特別是伊莉莎白，希望妳別讓她靠近這裡。」

「突然講這個幹嘛，你究竟打算做什麼？」

「我的力量畢竟只是臨陣磨槍得來的。與『王』跟『大君主』戰鬥前，我想盡可能提昇魔力。不過那是會伴隨痛楚的行為，很有可能會被伊莉莎白阻止，拜託妳了。」

「被你主人禁止的行為，我無法允許。」

「這只是場面話吧？妳究竟在疑心什麼？反正『大王』跟我之間的戰鬥，妳也有從用來監視的使魔那邊收到聯絡吧？如果要打算逃亡或是策反人類，我當時就會做了啊。我傷害自己的身軀，為了拯救伊莉莎白而行使魔法的事實，妳應該也很清楚才對。」

「這……」

「黑魔法渴求痛苦，對我而言這是必要之事。如果妳要說自己有所懷疑，不管派幾個人監視都無所謂。如果我行跡可疑，就立刻動手制止。」

「可是權人——」

「拉・謬爾茲已經死了。如果『拷問姬』失敗，妳以為接下來會由誰來戰鬥？」

最終兵器「牧羊人」自殺，對教會那一方來說是裸露而出的柔軟傷口。權人毫不迷惘地朝那邊刺了下去，而且他還故意朝伊莎貝拉的良心狠狠鑽下去。

「妳認為誰要為了異端者與丟石子過來的人們犧牲呢？」

「……這真的是為了與惡魔戰鬥的必要之舉嗎？」

「是真的，我沒說謊。」

「了解了……我自己也會加入監視的行列，應該會得到許可吧。不過要由哥多・德歐斯大人做最終的判斷。」

『無妨———讓他放手去做。』

沉穩的低沉聲音忽然響起，伊莎貝拉回頭望向後方。

權人毫不膽怯地將視線望向聲音的主人。

遮去面容、身穿大紅色長袍的司祭恭敬地將寶珠運至這邊，哥多・德歐斯的幻影浮現在它上方。他打量般瞇起眼睛，開口說：

『隨從啊———我大致可以料到你的目的。不過如今在與惡魔的這一戰中，這樣做確實有利。我就准了吧。』

「幫大忙了，這件事對你們來說也不吃虧。」

『天曉得……不過，是啊，我就先告訴你一件事吧。』

「什麼事？」

『複製靈魂這種事，教會原本是不認可的。』

出乎意料的話語讓權人皺起眉心。權人無法推敲哥多・德歐斯真正的意圖，因此開口催他說下去。

「……也就是說？」

『按照預定，事態一旦平息，【哥多・德歐斯】的靈魂複制品，包括這個【我】在內都要全數銷毀。』

權人感到愕然。封著弗拉德魂魄的石子在他口袋裡輕輕搖動，就像在說這件事耐人尋味。櫂人反芻自己知道的事實。

（重現的靈魂只不過是生者的劣化品，卻擁有確切的意志。）

破壞裝有複製靈魂的石頭，這種處置與處死人類幾乎相同。

連同哥多．德歐斯的死狀——為了不被惡魔利用而自殺——在內，櫂人理解了教會人士的覺悟。哥多．德歐斯也正朝自身之死行進。

同時，櫂人也思索了他講這些話的含意。

（哥多．德歐斯這男人打從心底擔憂人民信奉神明，人格中卻也存在著利己的部分。）

櫂人實在不覺得他的目的就只是為了讓自己理解教會這一方的覺悟與犧牲。

（……你該不會……）

櫂人像要探尋想法般凝視哥多．德歐斯，他卻不把話說下去，甚至故意到露骨的地步。不久，櫂人暫時壓下自己的推測開口說：

「抱歉，成為犧牲者的不是只有我們。」

『無需道歉，隨從啊。不過就算是為了跟惡魔戰鬥，還是讓我看看你現在不惜避開伊莉莎白的耳目也要做的事吧。』

「嗯嗯，你就看個過癮嘍。」

櫂人點頭同意。確認監視的聖騎士們都就位後，他再次走向「君主」的牢籠。軟綿綿的男人垂著頭，就這樣癱坐在鐵地板上。

櫂人彈響手指，低聲囁語。

「——裂開吧。」

櫂人自己的手臂瞬間噴出血，他先用蒼藍花瓣弄傷自己的身軀。

突如其來的高調自殘行為讓一部分聖騎士發出動搖的聲音。

櫂人無視那些聲音，讓手指躍動操控自身之血。溢出的紅色在他腳邊與「君主」的牢籠下方描繪出某個魔法式。

或許是讀取到它的意義了，伊莎貝拉發出僵硬聲音。

「——你瘋了嗎？」

那是——櫂人記得這是第二次——會讓習有魔法之人嚇到目瞪口呆的駭人事物。是將對方的痛苦轉換至自身的術式。

櫂人那對眼眸中盈滿憐憫與毫無感情的冷靜，低喃道：

「接下來我要對你進行拷問。雖然你已經沒救了，不過有一件事可以放心。」

櫂人高高揮起手臂。

「皇帝」下流地扭曲嘴角發出嗤笑，「君主」緩緩歪過爛掉的臉。

櫂人宛如指揮家揮下手臂，然後做出宣言。

「『我跟你一樣痛』。」

「君主」的胴體深深地裂開了。

同時，櫂人的胸口也裂開了。

呀啊啊啊啊啊啊啊啊啊啊啊啊啊啊啊啊啊啊啊啊啊啊啊啊啊啊啊啊啊啊啊啊啊啊！

「君主」因激烈疼痛而發出咆哮。

不忍耳聞的聲音受到靜音魔法阻擋，沒有抵達布幕外面就消失了。然而它強制性地飛進在內側的那些聖騎士的耳中。他們也一樣皺起了臉。

櫂人千刀萬剮著「君主」的體表。他被切下手臂，挖去眼球，內臟被扯出體外。即使如此，與惡魔融合變質的「君主」仍沒有死去。

而且在魔法式的影響下，他的身軀強制性地漸漸復原。

啊啊啊啊啊啊啊啊啊啊，啊啊啊啊啊啊啊啊啊啊，啊啊啊啊啊啊啊啊啊啊啊啊啊！

「君主」發出慘叫，發狂般弄響牢籠。

櫂人無視不成話語的懇求，不斷揮動手臂。

「君主」的腸子在空中飛舞，臉頰被鑽洞，腿被切成四塊。

在一連串的拷問中，正如櫂人宣言的，他自身也不斷品嘗相同的痛苦。有時他會因為劇痛休克而死。不過每次只要這樣，他就會讓自己復活。櫂人覺得「很滿足」。

（啊啊，果然比單純傷害自己有效率呢。）

在櫂人死亡又復活的期間，一度釋放而出的魔法仍繼續削刻著「君主」。全盤接收這些痛苦，遠比一邊調整一邊折磨脆弱的自己有效率。接收到的痛苦總量上升，「皇帝」與櫂人的魔力量也隨之緩緩增加。

眼前上演的這場過分淒慘的光景，讓某個聖騎士低喃：

「…………瘋了。」

櫂人聽著這句話，選擇沉默。

他不會反駁，也很清楚這樣很瘋狂。

櫂人在胸中懷抱著堅定的覺悟與決心，持續進行拷問。為自己而死的少年——諾耶——的幻影已經不曉得是第幾次朝他投出詢問般的眼神，然而他甚至沒回頭望向這種眼神。恐怕再過一會兒就能伸手觸及櫂人判斷是必須之物的力量。

（再一下下，再一下下——）

櫂人拚命在杯子裡注入紅水，努力奮鬥讓水滿出杯子。

不久後，天亮了。

太陽升起的同時，櫂人砍下了「君主」的頭。

選擇吃光人類的道路，最後自身也被給予劇痛的惡魔總算得到解放。他倒在石板上，身軀可悲地痙攣著，從那兒大量溢出鮮血。

比那還多出幾十倍的血液擴散在牢籠周圍。

眾聖騎士默默無語。不知是因為恐懼或嫌惡使然，他們無言以對。

在壓倒性的靜寂之中，櫂人低聲囁語。

「辛苦你了啊……『君主』。」

他用滿是鮮血的手撩起自己的瀏海。

血黏答答地沾到他的臉頰。

在無法想像的痛苦中，連一次都沒發出叫聲的青年用被弄得又紅又濕的臉發出嗤笑。

「來吧——要跟『王』還有『大君主』戰鬥了。」

Clueless ray found

庫爾雷斯・雷・法溫多

身為教會相關人士，不容許異端存在的狂信徒。在「為了神明，就算是惡魔也要利用」的獨特信念下，與「皇帝」進行接觸。

5 各自的榮耀

回想起來，轉生後的時光感覺起來很漫長又好像很短暫。櫂人反芻與十四惡魔們戰鬥的日子。夾在其中既扭曲又愉快的日常生活終於也要步入尾聲了。

「…………是最後之戰了嗎？」

櫂人如此低喃，睜開閉著的眼睛。

通往處刑台的階梯上，此時此地就是最後一步。是「拷問姬」與其隨從為了抵達終點的前哨站。

通往肉塊的石板道路在他面前延續。

平凡至極的路面從途中毫無預兆地染上灰色，簡直像是用刀子劃開似的，櫂人的鼻尖前方存在著明確的邊界線。

另一側是一幅讓人疑心自己有沒有精神失常的光景。

萬物都染上灰色，建築物與樹木的表面有如歷經數百年光陰般風化。這裡理所當然地沒有生物的身影，連空氣都很冷硬。

早上的陽光也灰濛濛，從途中就融於灰色之中漸漸消失，簡直像是沼澤底部的光景。

櫂人動員自己所有的感覺，用可以理解的形式替邊界線另一側的世界塑造印象。

（從這邊開始的空間，其存在本身近似於屍骸。）

感覺簡直像是巨大生物的屍體就在眼前。從前方那邊開始，確實失去了曾經存在的熱度與氣息。應該洋溢著活力的區域，如今已化為空洞的死骸。

死亡氣息在伸手便能觸及的場所化為塊狀物。

「想說你不見了，原來在這裡嗎？」

喀——高跟鞋發出堅硬聲響，櫂人身旁同時響起聲音。他只將視線望向旁邊，伊莉莎白就站在那兒。

她雙臂環胸露出不悅表情。伊莉莎白直到剛才都無法見到櫂人，所以會這樣也是理所當然的事。因為早晨造訪的同時，他就在布幕內整理好儀容立刻離開了廣場。這一切都是考量到伊莉莎白有可能會拒絕櫂人同行之故。

櫂人沒特別做出回應，伊莉莎白逼問般接著說：

「那麼，你昨晚在那之後偷偷摸摸做了什麼？甚至做出動用聖騎士這種賣弄小聰明的舉動。」

櫂人從她身上錯開視線。

重新面向因惡魔而崩壞的世界後，他靜靜回應：

「……是無聊之舉。」

櫂人話才剛出口，耳垂就被人從旁邊用力捏住。

伊莉莎白就這樣毫不留情地用力拉扯耳朵。

「余早就知道反正也是無聊之舉喔，你這蠢材！少耍帥！是在模仿弗拉德還是怎樣啊！」

「痛痛痛！伊莉莎白，痛是無所謂，不過耳朵扯斷的話要接上會很麻煩！還有，我並不像他吧！」

櫂人雙手亂揮反抗，至今緊繃在那張臉龐上的瘋狂絲線忽然斷了。石頭在他的口袋深處輕輕搖動，就像在說「一點也沒錯」。

或許是察覺到櫂人表情的變化，伊莉莎白冷哼一聲猛然放開手。

「哎，余大致可以想像，因為你的魔力量提昇了。受不了，你真是做了無聊之舉啊。」

「……妳果然曉得嗎？」

「哈，雖然不知道你真正的目的是什麼就是了。事到如今，無論你大喊何種戲言，事情都不會有任何改變，余也不會讓它改變喔……不過，現在那股力量確實能派上用場吧。」

「哥多·德歐斯也對我說了類似的話呢。」

「那傢伙也做出相同的判斷嗎？聽好了，自己的身體由自己保護。」

伊莉莎白接著如此說完，櫂人簡短地點頭。

（她沒叫我不准過來呢。）

他暗自為此事欣喜，並且環視四周。

櫂人身旁只有伊莉莎白一人，並未跟著王國騎士與聖騎士。萬一「拷問姬」死亡時，他們得進行放棄王都，將惡魔封入其中的處置才行。為此也有必要盡可能儲備人力。

在哥多．德歐斯的「正確判斷」下，只有「拷問姬」與其隨從兩人獨自面對死地。

就像最初的那個戰場一樣。

（一如往常，跟最初一樣啊。）

櫂人如此點頭，然而他心中卻存在著一絲遺憾。

手持大斧的機械人偶——櫂人心愛之人——不在身邊這件事令他不安。櫂人感到寂寞。即使如此，用不著讓「拷問姬」一人獨自上陣仍讓他心中湧現確切的自豪感。

伊莉莎白．雷．法紐腥風血雨的生涯中，總是有一名愚鈍的隨從。

櫂人覺得這樣也不賴。

「————要上嘍。」

「————————喔！」

伊莉莎白並沒像平常那樣接著說：「這是隨從該做出的回應嗎？」櫂人與她並肩而立，伸足踏入灰色空間。

兩人同時越過邊界。在那瞬間，「一切都截然不同」的空氣吞噬了他。

「皇帝」有如揶揄般，在櫂人耳畔甘美地囁語。

「歡迎來到【惡魔】的世界。」（Welcome to Nightmare）

（噢————————這就是……）

世界被弄壞這句話真正的意義。

惡魔之舉本質究竟為何？

在這個瞬間，櫂人深切地理解了這些事。

＊＊＊

那裡很安靜。

同時也被絕對性、壓倒性的和平裹著。

櫂人用觸覺、聽覺以及視覺的一切理解到這個事實。

在灰色空間裡，無論是何物都會平等地喪命，被殺掉陷入沉默。

惡魔這種存在，會以神之創造物的痛苦為食糧。一般來說，他們周圍會此起彼落地響著淒慘叫聲，然而被惡魔徹底奪去一切後，殘骸們卻沉浸在令人心驚的平穩之中。

就某種意義而論，這也是理所當然的事情。

因為誰也沒有辦法繼續破壞已經從根底被破壞殆盡的事物。

（惡魔毀滅世界，神創造世界。）

如今這裡呈現等待神明重組的狀態。

在沒有彩色的世界裡，還活著的人才是明確的異物。自己是擾亂平穩的那一方──櫂人因這個事實感到困惑，並察覺到某個事實。

（惡魔打從本質開始就是邪惡的存在，他們同時也存在於人類倫理的範疇外。）

櫂人在耳畔反芻弗拉德以前低喃過的台詞。

『在召喚之前，存在於高次元的惡魔沒有跟人類一樣的思維，不會使用語言，也不具備感覺。高位惡魔現世時會反映召喚者，主動將【純粹邪惡的魂魄】墮落為可以進行溝通之物啊。』

『不然，人類甚至無法理解他們的存在。』

「……是人類本來就不可能理解的邪惡。」

重複這段話語後，權人領悟到一件事。

與社會中定義的「人類之惡」相比，他們從頭到尾都是相異的存在。

至今為止，權人與十四惡魔對峙，目睹了無數殘虐的所做所為。然而在「靜謐的世界」中，他初次沒感受到怒意，而是身體因純粹的恐懼而僵硬。

惡魔揮灑其原本的猛烈威力後，並沒有留下人類口中的「目的性」。就只是「純粹」且「完全」地「被破壞」罷了。

權人親身理解了那個事實。

神跟惡魔本來就都不是人可以去接觸的存在。

「為何弗拉德要召喚這種東西啊？」

『你會有所疑問也很正常啊，【吾之後繼者】。連位於無法理解的高位存在，都要在沒有理解的情況下盡情利用，就是所謂的人類呢。』

灰色世界忽然響起弗拉德的聲音。

櫂人猛然抬起臉龐，望向伊莉莎白站的那一邊的反方向。

『吾等召喚惡魔，將他們拉下至人類的水平，藉此取得力量。此舉雖不正當，不過被當成輕率愚行也很頭痛。』

在不知不覺間，那兒飄浮著纖細身影。弗拉德蹺著修長的腿，簡直像坐在椅子上。他浮現用艷麗形容都很合適的笑容，然後低喃：

『吾等打從出生便是惡食者——啃食一切便是所謂的人類。』

弗拉德將單手伸向前方，用演戲般的口氣如此說道。櫂人仰望那副中性面容——無視大部分的台詞後——喪氣地如此發問：

「欸，弗拉德。我應該沒有給予你的石頭魔力才對，為什麼你擅自實體化啊？」

『因為這片虛無之地連【外面】的法則都不適用啊。原本就活著的人，以及在石頭裡面的靈魂複製品，在零之前都等於是一。雖然沒有肉身，靈魂也會以最正確的形式在這裡面成形啊……呃，哎，我滔滔不絕地講了一大串，不過詳細的原理仍然不明就是了。是我研究不足。不過能擅自成形，我也感到很愉快……喔喔。』

弗拉德的臉大大地晃動，銳利獠牙刺穿弗拉德的幻影。

還以為是伊莉莎白惡整，原來是「皇帝」。在這個空間內，最頂級的獵犬似乎——恐怕與當事者的意願無關——也以明確的形狀實體化了。

被狠狠咬了一口後，弗拉德感到困擾地聳聳肩。

『有什麼事呢，【皇帝】？我還以為你已經氣消了呢。』

『蠢材！方才你愚弄了吾等惡魔吧！什麼叫啃食一切啊。在與吾無關之處擅自殞命的脆弱愚者，少在那邊七嘴八舌喔！就算聽起來再不入耳也要有個限度啊，【在腦袋裡飼養地獄的男人】啊！』

『真是的，你真的很急躁呢，究竟是受到誰的影響啊……喔喔。』

他的臉龐再次搖晃扭曲成滑稽的形狀，這次是伊莉莎白的鐵樁害的。就算是弗拉德也露出了不悅表情。就其氣質而論，他不喜愛不帥氣的事吧。

弗拉德重新面向伊莉莎白後，開口抱怨：

『雖然想容許這個可愛的惡作劇，不過妳可以控制一下嗎，伊莉莎白？現在不是浪費魔力的時候吧？』

「哈，放心吧。貫穿你這種程度的舉動，幾乎不需要魔力喔。」

『妳雖然這樣說，不過大意是不行的喲……是啊，雖然覺得【吾之後繼者】也有聽見，不過正如【皇帝】先前所言，這裡是惡魔的世界。』

弗拉德忽然扭曲唇瓣，大大地展開雙臂。

恢復原本的調調後，弗拉德用惹人厭的語調繼續說：

『對人來說，這正是惡夢的底部。雖然很安靜，不過還是不要安心為妙。就算是被永恆平穩吞噬的空間，也會為了排除異物而吐出新的痛苦吧。』

他用裝模作樣的動作輕輕伸出手臂。弗拉德筆直地指著灰濛濛的世界深處，櫂人望向那前方。

同一時間，柔和的混濁世界令人難以置信地放晴了。

遠方可以窺見腥紅色。仔細一看，它正在蠕動，肉壁遠遠地聳立在頭頂上，簡直像是世界的心臟般跳動著。

『看吧，要過來嘍。』

弗拉德心情愉快地嘲笑，這句話就是信號。

平穩、寂靜崩壞了。

櫂人屏住呼吸，痛苦波浪從肉塊底部推向這邊。

數量前所未見的眾侍從兵朝兩人一湧而上。

＊＊＊

死亡咆哮，痛苦叫喊。

異形之群過來了。

他們排成一列，有如遊行般，宛如樂隊吵吵鬧鬧地現身。

那股喧鬧聲，簡直是全世界的痛苦都聚集在此地一樣。

根據教會傳送給伊莉莎白的緊急聯絡，櫂人可以清楚地理解肉塊爆炸性地膨脹時，虐殺了王都多達三分之一的民眾——正確地說，是強制性將他們變成侍從兵，或是納入體內淒慘地殺害「人類」狀態——的事實。然而藉由眼前這批大軍的總數，他才察覺自己的想像力完全追不上被害規模的巨大程度。

侍從兵們腥紅色或是桃色、黑色與鏽色的體色掩埋了地平線。

前往廣場的襲擊者們，以及被拉．謬爾茲殺掉的人們，都只不過是微乎其微的一小部分罷了。如今光是進入櫂人視野範圍內的分量，其數量也輕易超越了數千之多。

感測到敵人接近身為主人的肉塊後，侍從兵每分每秒都在增加。

他們怨恨平安無事的人，陸續發出咆哮聲。眾侍從兵化為波濤朝這邊行進而來。

如果是普通人，就沒有方法能正面抗衡這批大軍吧。然而，櫂人明白站在他們面前的這個女孩並非如此。

「拷問姬」是虐殺自己所有領民的稀世大罪人。

「『重現串刺荒野』。」

咚咚咚！

超過數百支的鐵樁敲壞風化的建築物群，長出地面。它們陸續刺穿眾侍從兵，將淒慘的屍體舉向天際，那副模樣簡直像是獻給邪惡存在的供品。

伊莉莎白更繼續追擊。

「『斷頭聖女』，『優秀的處刑者』。」

無數利刃層層堆疊，造出一具異形巨人。白色聖女群圍著他站立著。她們仰望天空後，櫂人也同時彈響手指。

「——飛舞吧。」

四角形利刃斬裂空氣飛向這邊。

巨人與聖女，還有櫂人一起開始攻擊。利刃纏上眾侍從兵，將他們一一割裂。血花華麗地飛濺而起，屍體順利地愈疊愈高。然而在乍看之下很有利的光景面前，兩人卻瞇起眼睛。

「……不妙啊。」

「…………嗯嗯。」

眾侍從兵開始切開自身手臂，抓住構成巨人的利刃。他們流出大量鮮血，從巨人身上剝除利刃。有數十具侍從兵因劇烈失血而斷氣，但他們還是跟螞蟻解體蜘蛛一樣分解了巨人。

被無數手臂捉住，斷頭聖女也沉入汙穢的侍從兵之海。

伊莉莎白再次彈響手指。

「『大胃王蟲穴（Hell Hole）』！」

比原本的「蟲穴」還更加巨大的洞穴開在大地上。

眾侍從兵紛紛被吞進下陷的地面之中，他們被異界的蛆用堅硬顎部咬得支離破碎，然後被啃食。然而眾侍從兵卻毫不畏懼地陸續躍入洞穴。蟲子無法承受，噗滋一聲噴出綠汁被壓扁了。

眾侍從兵在藉由屍體掩埋的洞穴上前進。

他們一邊排除礙事者，耿直地不斷朝前方行進。

就在此時，天空有如颱風來臨般忽然染上暗色。厚重黑雲猛然湧現在櫂人他們面前，其真面目也是侍從兵。

擁有翅膀的異形們一起舞向天際。

櫂人操縱利刃，伊莉莎白追加拷問器具，然而在這個總數面前卻只是杯水車薪。

櫂人被漫天蓋地逼近的波濤震懾，回想起伊莉莎白說的話。

『所謂的數量就是暴力。只要湊齊，就有它能夠做到的事。』

（……就是……這個嗎？）

黑色波浪與雲層逼近。

其足音震動大地，咆哮撕裂天空。

簡直像是世界末日化為形體。

『唔，可以說這是面對蟻群也應該要射擊大砲的狀況了啊。不過啊，小鬼。就算吾出馬，一次能吃下的數量也有限。要怎麼做？對吾而言，主人被雜兵吃掉也沒面子。要揹你們穿過那群侍從兵也無妨喔。』

「皇帝」難得朝這邊發出充滿慈悲的問句，然而櫂人卻搖搖頭。

「不……這些東西跑出去的話，騎士跟修女，以及還沒避難的人們就會有危險。」

『哈，別讓吾發笑了。如果是吾與在那邊的弗拉德之女，是有可能壓制住那些傢伙吧。不過，要殲滅的話就另當別論了。之前吾也說過吧，忘記自身最大的渴望，是戴著善人假面具的傻瓜才會做的事。』

「皇帝」的話語令櫂人咬緊脣瓣。確實正如他所言，就算擋下死亡河流，如果無法越過就沒意義了。

前方仍有「大君主」與「王」。

雖然理解這件事，櫂人卻無論如何都無法點頭同意。他求救般望向「拷問姬」。

「……伊莉莎白。」

「煩啊，別發出讓人煩悶的聲音！雖然想在戰場上將天真想法視為無用之物加以捨棄，不過余也明白啊。至少要讓數量減少，就這樣放他們去外面的話，在王都的人類就難免會全滅。倖存者只有兩人的事態，果然讓人笑不出來呢。」

「我就知道妳會這樣說。」

「別用那種有些溫馨的方式說話！」

櫂人朝生氣的伊莉莎白點頭，不過這同時也是危險的賭注。

兩人初次對只有彼此在這裡一事感到後悔。在灰色世界裡，沒有人可以託付後續之事。然而伊莉莎白不久後深深地嘆了一口氣，接著搖搖頭。

「只能上了啊，不能說奢侈的話。就算嘆氣也沒意義喔。」

「嗯嗯，正是如此——這裡，只有我們。」

「拷問姬」與「皇帝的契約者」朝彼此點頭。異貌黑犬冷哼一聲，用爪子扒地面。弗拉德有如在說「真受不了」似的聳了聳肩。

兩人以悲壯的覺悟迎向緊逼而來的敵人，就在此時。

『諸位退下！』

意想不到的聲音響起。

櫂人反射性抬起臉龐。確認聲音的主人後，他瞪大眼睛。

以灰色天空為背景，長著翅膀的白色球體正飄浮著。那是教會的聯絡裝置，從那兒傳來伊莎貝拉的聲音。

「為什麼——」

「別發呆，櫂人！快退下！」

櫂人打算詢問的瞬間，被伊莉莎白揪住衣領。他就這樣以猛烈速度被拖向後方。櫂人有如被扔掉放開了，回頭望向自己等人剛才還站著的方位。

視網膜被灼燒成純白色。

強烈光芒在前方炸裂，大群侍從兵爆散。

『哦！』

弗拉德發出感興趣的聲音。

櫂人背對這個聲音，連忙復原被瞬間奪去的視野。他確認眼前的慘狀。眾侍從兵冒出火焰燃燒著，櫂人確認到其中有巨鳥也一同化為灰燼。

（跟拉．謬爾茲召喚的召喚獸是同一物！）

權人總算察覺到那個事實。

神聖之鳥令大群侍從兵爆散了。

（不過，拉．謬爾茲應該自殺了。）

「伊莎貝拉，妳這蠢材！這是自殺行為！」

權人感到疑惑的瞬間，伊莉莎白吼了起來。

那張側臉瞪視越過──將惡魔與人類的世界隔開的──邊界線的場所。順著她的視線望向前方，權人也瞪大眼睛。

遠方的山丘上發出銀色光輝。

聖騎士們聚集在那兒，與眾司祭一同組成奇妙的方陣。他們腳邊描繪著從權人這邊也能辨識的巨大魔法文字。

權人沒能理解這句話，就這樣讀取了寫在那兒的文字的意義。

（那東西在聚集眾司祭跟聖騎士們的魔力！）

在拉．謬爾茲亡故的現在，他們全員出動負責當一座砲台，而成為發射台的人恐怕就是伊莎貝拉。

權人回想起某個事實。她的魔力中有著大海般的深邃與包容力，適合使用治癒魔法、結界魔法以及「召喚魔法」。

同一時間，某幅光景在他腦海裡復甦。

那天夜裡，伊莎貝拉毫無迷惘地用覆蓋手甲的手回握櫂人與惡魔的契約之證——野獸的左臂——然後兩人直勾勾地互相凝視做出誓言。

『『一起跟惡魔戰鬥吧。』』

然而擔起最終決戰的人卻只有「拷問姬」，與伊莉莎白談過話後，櫂人為了自身目的與心中憤慨而狠狠刺激伊莎貝拉的良心。

『拉．謬爾茲已經死了。如果【拷問姬】失敗，妳以為接下來會由誰來戰鬥？』

『妳認為誰要為了異端者與丟石子過來的人們犧牲呢？』

伊莎貝拉沒有回應這些話語。然而，如今她卻試圖親身實現自己與櫂人的約定。伊莎貝拉選擇了與「拷問姬」還有他並肩作戰的道路。

（不過，這個賭注實在是太危險了。）

與體內擁有召喚陣的拉．謬爾茲相比，伊莎貝拉召喚的方式不同吧。她也有將負擔分散到眾聖騎士身上，因此應該不會陷入被奪去神智的情況才對。然而附著於身的魔力重壓，普通人類的肉體實在不可能消受得起。

其他聖騎士們也曝露於風險之中。雖然沒必要進入惡魔的世界，不過「王」一旦使出遠距離攻擊，他們就會無法可逃，畢竟體力與魔力消耗得太激烈了。

他們不是預定要儲備自身之力嗎？

（這應該是「正確的判斷」才對！）

「妳到底在幹嘛！少胡來！」

『你才別說傻話！吾等是教會之劍，聖女之刃，為了人民而存在的盾牌。吾等不拯救受苦的無辜人民，是要由誰來擔此重任！』

「這件事我們會做！妳該不會是在意我說過的話吧？抱歉，那只是戲言罷了！請妳無視吧！快想想妳的負擔！」

『這裡是吾等的城市！吾等要伸出援手，由吾等來守護！將吾等應該拯救之人全部推給諸位，這種事我可是敬謝不敏！』

『可是！』

『你以為我花了多少時間才說服眾司祭大人！把這裡交給吾等，你們速速前進！』

白色球體激烈地吼了回來。在那瞬間，吐血的聲音疊上那句話。伊莎貝拉明確地發出痛苦呻吟，櫂人握緊拳頭。

同一時間，召喚獸再次飛來。掩埋地平線的眾侍從兵爆散。

果然得讓她住手才行──在櫂人如此心想，深吸一口氣之際。

伊莎貝拉先下手為強似的大吼：

『別在那邊囉哩囉嗦的了，瀨名櫂人！給我適可而止！只要能借到力量，不管是阿貓阿狗都要借！你不是想盡快拯救受苦的人民嗎！』

這是有如狠狠打臉的聲音。

在這個瞬間，櫂人完全敗給了伊莎貝拉。

他無言以對，就這樣突然朝白色球體深深低下頭。他用力緊咬脣瓣，轉向伊莉莎白。

「……伊莉莎白……」

她用紅色眼眸凝視球體。

在那瞬間，確實產生了立於聖邪兩端的兩個女孩交換視線的感覺。

不久後，伊莉莎白喃喃說道：

「只要對罪人揮動鞭子，隔岸觀火就行了耶……不管是哪一個傢伙都是蠢蛋啊。」

「……伊莉莎白。」

「要走了喔，櫂人！別慢吞吞的，用跑的吧！」

在那瞬間，伊莉莎白銳利地踹向大地。她在灰色大地上刻下足跡，有如箭矢疾衝而出。

櫂人也連忙隨後追上，弗拉德跟「皇帝」也跟了過來。

或許是為了映照出眾侍從兵的全貌，球體仍在後方滯空停留在原地。

伊莎貝拉蘊含痛苦的叫聲從那邊追了過來。

『上吧，【拷問姬】！屠殺許多人民與騎士，還有我弟弟的罪人啊！』

她的聲音中瞬間透露出強烈的憎惡。伊莎貝拉將鮮明的怨恨情感有如箭矢般射向伊莉莎白。不過，她用連自身負面情感都能加以擊碎的堅定信念接著說：

『請務必拯救這座王都！』

那種口吻簡直像是在向神明祈禱。

前方炸出白光，由於被那道光芒抹去，櫂人看不到伊莉莎白的表情。在眾侍從兵屍體滿天飛舞的情況下，他們一股腦地前進。

這個地方就像砲擊飛來飛去的戰場，櫂人他們背負衷心懇求衝過此處。光芒炸裂了幾次，他們被燒灼視野無數次，腳步不停地通過死亡之河。

櫂人他們將砲擊聲抛至身後，在灰色世界裡前進。

不久後，聲音忽然中斷。

濃厚的沉默再次裹住他們。

被死亡氣息厚重地守護著的空間內，紅色肉壁就聳立在眼前。

＊＊＊

佇立於不遠處的肉壁上開著無數洞穴。濕潤的紅色上產生像是被蟲蛀蝕過的淒慘空洞。那是一幅完美地煽動人類生理性厭惡感的光景。

櫂人覺得雞皮疙瘩爬滿全身，他仰頭瞪視醜惡的表面。

（洞穴恐怕是被納入體內的犧牲者們的臉龐脫落後的痕跡。）

他們也同樣被變成侍從兵，然後被排出體外。

應該如何收拾這個才好呢——櫂人感到煩惱。然而伊莉莎白不但沒攻擊在鼻尖蠕動的肉塊，甚至連用手觸碰都沒有就加快腳步。櫂人歪過頭並追在她身後。或許是察覺到這股疑惑，她什麼都沒被問就開了口。

「要從外部削除的話，它實在是太巨大了。余說過要攻擊本體吧？這個肉塊可是剛吐出了那麼多的侍從兵，通往中央的洞穴恐怕也開在某處。吾等要找出那個洞穴喔。」

「通往中央的……洞穴？」

『嗯嗯，這個預測應該沒錯吧。』

弗拉德輕飄飄地浮著，來到伊莉莎白身邊。櫂人將視線望過去後，他用誇張的動作將手指放在自己的下巴邊緣。

『說到總力戰，聽起來雖然好聽，卻是曝露自身一切的愚行之一。【王】跟【君主】毫不保留地吐出他們的內容物。如果是現在，應該可以深入至收納著大部分侍從兵的體內吧。

【王】跟【大君主】的這個選擇，讓人想要問他們是不是連腦袋都化為肉塊了啊……唔，雖然能十二分以上地活用惡魔之力，選擇失控的優點似乎還是很少。』

「弗拉德你住口，少在那邊語氣輕快地囉嗦沒人問你的事。」

伊莉莎白發出咂嘴聲。弗拉德聳聳肩，老實地沉默了。

她如此說完，櫂人點頭同意，在肉塊周圍奔馳。這裡的立足點很差，四周擴散著一大片鮮血與脂肪。兩人踩著那些東西，發出濕答答的聲響找尋適當的洞穴。

不久後，櫂人在特別突出大地的一道詭異皺折前方停下腳步。

「伊莉莎白。」

「……原來如此啊，是正確答案。」

令人聯想到女體的柔軟肉塊深處，開著一條看似隧道的巨大洞穴。它的底部慘遭眾侍從兵踐踏而整平，那是龐大死亡隊伍通過的痕跡吧。

那批大軍有一大半都是從這裡被送出來的。

櫂人打算伸腳踏進通往惡魔內側的道路，卻在那邊停了下來。肉折深處——暗穴的前方——開著一個類似小廣場的空間。

伊莉莎白將銳利目光望向那邊。

「這些傢伙。」

「意思是還有嗎？」

她那對紅眸瞪視的前方有三具侍從兵坐鎮。他們宛如正經八百的門衛般，橫向並成一列堵住洞穴。

櫂人從第一個開始眺望對手的身影。奇形怪狀的一行人，從左邊開始依序抬起臉。

身穿破布般的連身裙的女人。

戴著灰色狼頭套的男人。

還有全身著裝剽悍鎧甲的男人。

就算在三具之中，女人的異樣感仍是讓櫂人皺眉。雖然長了眼睛、鼻子還有嘴脣，臉龐卻不是人類之物。女人的肌膚，是用根本像是玻璃或陶瓷般的平滑材質打造而成的。而且那套服裝也讓她看起來像是擁有布製身軀的未完成人偶。

（雖然被頭套跟頭盔遮住，不過那兩個男人的臉恐怕也差不多吧。）

即使如此，跟硬是遭到變形的眾侍從兵相比，他們仍然保留著與人類相似的平衡度。更重要的是，散發出的壓迫感不同於雜兵的氛圍。

櫂人謹慎地警戒這三具侍從兵，如此詢問：

「欸，伊莉莎白……這些傢伙比其他侍從兵還要強很多吧？」

「嗯，正是如此。這是用『大君主』的能力——『複製』產生出來的特殊侍從兵啊。這些傢伙是『王』跟『大君主』，還有已經變成亡者的『君主』的複製品喔。雖然遠遠不如惡魔本體，不過相較於其他侍從兵的確……嗯？」

就在此時，穿著全身式鎧甲的男人緩緩來到伊莉莎白面前。

他用單手抓住綁在背上的大劍劍柄，從鞘中抽出劍。劍刃朝前方揮落，勁道十足地斬斷濁灰色的空氣。強烈風壓敲擊權人的全身。

鎧甲挑釁般用凶惡劍尖指向伊莉莎白。

她微微瞪大眼睛，扭曲紅色唇瓣。

「原來如此，不愧是『王』的複製品，意思是想跟余對打嗎……好吧。」

伊莉莎白回應般流暢地將白皙的手伸向頭頂。她從紅色花瓣與黑暗漩渦中抽出「弗蘭肯塔爾斬首用劍」。她讓劍柄在掌心轉一圈，將劍指向全身式鎧甲。劍尖在半空中倏然停住。

「過來吧，余當你的對手。」

兩人手持利劍面向彼此。

蘊含濃厚殺意的靜寂充斥全場。

在下個瞬間，全身式鎧甲發出吼聲。布滿四周有如玻璃工藝品般的纖細緊張感被擊成粉碎。他發出裂帛般的吆喝突進。

殺意團塊猛然逼近之際，伊莉莎白也大叫：

「『人偶火刑（Wicker Man）』！」

「弗蘭肯塔爾斬首用劍」爆散出花瓣與黑暗，全身式鎧甲毫無防備地衝入其中。舞動的紅與黑也有如順便般捲入剩下那兩具複製品。

啪嘰啪嘰的乾燥聲音響起，黑暗炸裂化為無數枝條，在櫂人他們面前編織出一具像是鳥籠的巨大人偶。胴體形成空洞，將複製品們關入內部。

他們有如在說「放我出去」般打算猛力大鬧，人偶的歪曲手腳卻在此時點起火。激烈的火焰冒出。

面對眼前的眩目紅色團塊，櫂人發出混亂的聲音。

「不、不是要對打嗎？」

『至今還如此老實的話，小鬼你離死不遠喔。』

『一點也沒錯，正是如此，【吾之後繼者】啊。好好學習，分勝負時狠毒心腸也是很重要的。』

「正是，為何余得特意當對手才行啊！很好，很好喔，愈燒愈旺吧！哇哈哈！」

伊莉莎白雙臂環胸，有如壞蛋角色般放聲長笑。然而在下個瞬間，火團就從內側瓦解了。人偶身體爆散，火塵激烈地散布至四周。

三具複製品以舞蹈般的動作躍出。

「嘖，果然無法一擊打倒嗎？」

伊莉莎白咂了嘴。女複製品讓破布連身裙燃起熊熊大火，飛身衝到她面前。那喉嚨突然莫名蠢動，看起來也像是蛋的臉龐「喀」一聲裂開。

玻璃質感的脣瓣濕黏地吐出某種柔軟的東西。

「────！」

它看起來只是將紅布捲成一團的塊狀物，櫂人卻產生了異樣的鮮明感。

布塊釋出簡直像是血肉的活力。

藉由以前被那東西折磨的經驗，櫂人反射性地有所察覺。

（那塊東西是仿造心臟的某物。）

雖然只是半吊子，女複製品仍是發出了「活祭品咒法」。

「騙人的吧！」

沒想到這種招式區區複製品竟然能夠使用。

櫂人心神大亂，開始習慣戰場的他同時在腦袋裡冒出最糟糕的預想。

（與「王」還有「大君主」的戰鬥近在眼前，我也消耗了不少魔力。）

力量一旦被封印，就算只有一點點也是很危險的狀態。即使櫂人沒被鎖定，伊莉莎白挨上這招結果也是一樣吧。要解咒的話，就得大量消費他的血液與魔力才行。

也就是說，不管命中哪一方，櫂人之後都會很難繼續戰鬥。

如此一來，也會無法實現與伊莎貝拉定下的──「一起跟惡魔戰鬥吧」──的誓言。而且還會在最終決戰之前讓伊莉莎白一個人落單。

（只有這個不行。）

必須在發動前破壞心臟才行。由於過分焦急，櫂人的腳步反而停住了。

在戰場上停住腳步，是明確的愚行之一。

伊莉莎白正要發出怒喝，「王」將利刃朝向櫂人，「活祭品咒法」正要炸開。

「皇帝」仰望頭頂發出冷哼。

『哦？都到這個地步了，還有闖入者嗎？』

一切都只發生在一瞬間。

強而有力的振翅聲傳入耳中，巨大影子蓋向櫂人他們的正上方。

然後，某人大叫：

「櫂人大人啊啊啊！」

以古典形式縫製的女傭服裙襬飛揚而起，銀髮女孩搖曳著荷葉邊落下。

她簡直像命中註定般出現在櫂人面前。

「——小……雛！」

貌美女傭著地的同時閃出槍斧（Halberd）。

小雛——櫂人的新娘——漂亮地斬落即將發動「活祭品咒法」的心臟。

＊＊＊

被斬裂的心臟啪噠一聲落至地面，輕輕鬆開變回普通的布。

女複製品當場毀滅。在愣住的櫂人眼前，小雛回過頭。

看起來也像寶石的翠綠色眼眸中映著他的身影。

「我回來了！櫂人大人！」

小雛浮現相當美麗——打從心底溢出真愛——的滿面笑容。然而，她的台詞卻有點奇怪。此處離他們住的家很遠。

「我回來了」這句台詞原本並不適合這裡。但對兩人而言，這是正確過頭的一句話。

銀髮新娘只看著櫂人，接著說：

「屬於您的我，現在回到您身邊了。」

櫂人無言地彈響手指。

他用飛天利刃掃開接近至附近的「王」的複製胴體。「王」揮劍彈開這一擊，大大地退向後方。

櫂人連一眼都沒望向礙事者，就這樣盡情張開雙臂。

新郎也用不適合戰場的全力笑容與話語回應自己的妻子。

「歡迎回家，小雛！過來！」

「櫂人大人啊啊啊啊啊啊啊啊啊啊啊啊啊啊啊啊啊啊啊啊啊啊啊啊啊啊！」

小雛毫不猶豫地扔掉槍斧，接著踹向地面。

在戰場上，戀人緊緊互擁。

小雛比櫂人高，她將他的臉傾向前方後，緊擁在自己胸前。櫂人的臉頰埋進柔軟的凸起中。如果是以前他就會面紅耳赤，然而他卻用沉穩的態度，就這樣緊緊回抱小雛。

不斷用臉頰摩蹭櫂人的頭後，她深深吸了一口氣。

「啊啊……櫂人大人的味道……櫂人大人的體溫……櫂人大人，櫂人大人，櫂人大人。我的主人，丈夫，永遠的戀人，心愛的大人……吾愛。請您務必感到歡喜，因為屬於您的我，終於回到您身邊了。」

「小雛，可以跟屬於我的妳再次相會，妳能過來這裡，我真的很高興。妳總是會守護著我吧？」

「這是當然的嘍，因為我是只屬於您的刀刃嘛！」

「呃，咦？不過，為什麼小雛會在這裡？」

「伊莉莎白大人啊啊啊啊，愚鈍的隨從大人啊啊啊啊啊，兩位平安無事吧啊啊啊啊！」

聲音有如回答疑惑似的從天而降。

櫂人連忙仰望頭頂後，瞪大眼睛。鋼鐵色飛龍停在灰色天空，擁有凶惡臉龐的巨軀悠然拍打著翅膀。

抬頭仰望威容後——是感到無言，抑或是佩服呢——「皇帝」發出沉吟。

『居然是鋼龍？龍種應該悉數逃出人、亞人以及獸人的棲息範圍了。究竟是從哪裡發現到牠的呢？』

『哎呀呀，而且居然還配上鞍呢。還挺靈巧的嘛。』

弗拉德有些愉悅地低喃。正如他所言，鋼龍背上裝了鞍。

跨坐在上面的人居然是「肉販」。而且被硬度跟金屬片差不多的鱗片覆蓋的龍背上——說不定是店的稱號——甚至還繪有連著骨頭的肉塊的圖畫。

「肉販」靈巧地操控韁繩並大叫：

「美麗的女傭大人復活了，所以我乘坐吾之愛龍三號帶她過來了喔喔喔！」

「雖然很感激啦啊啊啊，不過說真的，『肉販』你到底是何方神聖啊啊啊啊？」

「唔，謎團愈來愈深了呢。」

權人大喊之際，伊莉莎白也如此說道，輕撫自己的下巴。

不知「肉販」有沒有聽到這些話，他用力豎起大拇指。這完全算不上是答案。然後，他大大地揮著單手。

「那麼，我要回去了喔喔喔喔喔喔！請務必再次惠顧啊啊啊啊啊啊啊啊！」

「在這種節奏下回去，你還真厲害啊啊啊啊啊啊啊！」

「──那麼，余明白你們想要親熱，不過等一下再做吧。」

「啊，抱歉。對不起，不由自主就！」

「咦，啊，是呢。非常抱歉！我居然做出這種事！立刻進入戰鬥狀態！」

在一連串的對答之間，權人與小雛仍緊緊擁抱著。伊莉莎白用拷問器具牽制兩具複製品，露出傻眼的表情。

接到請求後，小雛慌張地打算離開權人身上。

「那麼權人大人，恕我失禮……………………抱！」

在那之前，小雛再次用力抱緊權人。她用力吸了一大口他的味道後，迅速放開手臂，握緊雙拳。

「好，補滿權人大人了！小雛，要上了！」

如此宣言後，小雛裙襬輕盈又華麗地翻飛，朝掉在地上的槍斧踢了一腳。具有重量的武器令人不可置信地在半空中飛舞。她流暢地抓住握柄後，重新面向敵人。

斧刃尖端銳利地揮出，在空中毫無搖晃地停下。

「王」的複製品似乎藉由這一擊察覺到她的身手。他用手臂命令戴狼頭套的複製品退下。「王」的複製品就這樣壓低重心。

小雛面對擺出攻擊姿勢的全身式鎧甲中，對權人他們低喃：

「剛才先在城市降落時，我有從聖騎士大人那邊得到情報，所以明白事態緊急。雖然擔心權人大人落單，不過就相信親愛的伊莉莎白大人吧！請兩位先前進，這裡就交給我。」

「小雛，妳在說什麼啊，我們也要一起戰鬥。」

「您還是一樣，多麼地溫柔啊！可是，這樣我比較好戰鬥。我的力量是內部機關所產生之物，由於與『惡魔』之力無關，所以不會受到『活祭品咒法』影響。雖然敵不過惡魔本尊，卻不會遜色於侍從兵這種程度的對手！這裡就交給我處理，請兩位前進！」

伊莉莎白與權人面面相覷。確實，如果是小雛，就不用擔心力量會被奪走。與其得保護身邊的人不受「活祭品咒法」傷害，獨自面對侍從兵還好一些吧。然而，小雛才剛甦醒。

「無需擔心！請務必保存魔力！」

看見兩人還在迷惘，小雛接著說道。

全身式鎧甲同時踹向地面，「王」的複製品發出聲音揮劍。小雛輕易地用槍斧背面擋下沉重斬擊，她同時也轉守為攻。

在第二、第三次的互擊中，小雛踹擊地面使出後翻踢向頭盔，令全身式鎧甲腳步搖晃。她利用武器的射程趁勝追擊後，跟「王」的複製品拉開距離。

小雛重新舉好槍斧，熱血地訴說：

「我無法像人類女子那樣生小孩！即使如此，我還是發誓要成為櫂人大人的家人！就算會死，我也不會打破這個約定！」

「啊！余呀，一直想要說這件事啊。」

「是什麼事呢，伊莉莎白大人？」

「你們，可以生小孩喔。」

小雛發出嘰嘰聲響，忽然停住。

總覺得現場籠罩了超出常軌、既恐怖又沉重的濃厚沉默。

「……小、小雛？」

「沒、沒事吧，小雛？」

就算伊莉莎白與櫂人開口呼喚，她仍像凍住般一動也不動。是想趁隙而入嗎？「王」的複製品猛然突進。不過小雛手臂微動，「唰」的一聲精確地斬擊他。而且她還從袖口滑出小刀，無聲地投向——打破「王」複製品的指令——從左邊不斷逼近的狼頭套。呀的一聲，現場響起慘叫。

小雛仍是望著前方，就這樣發出恐怖的低沉聲音。

「…………………………………………伊莉莎白大人，您剛才說什麼？」

「呃，這個，余不是說了嗎？你們可以生小孩喔。唔……這不是在說謊喲！」

「恕、恕恕恕恕恕恕恕恕我失禮，這這這這這這這，這是要怎麼做才行呢？」

「小雛，妳太亢奮了。雖然我也很在意，不過請妳先冷靜下來吧，拜託。」

小雛全身喀喀作響發起抖來。再怎麼說這樣也很不妙——櫂人如此心想，拚命安撫她。狀況一口氣變得極為混亂不明。然而就算在這種情況下，小雛仍然正確且精準地動著槍斧。她半自動地展開駭人攻防戰，連一步都不讓複製品們靠近。

小雛大動作地揮動槍斧逼退兩具複製品，並且猛然睜大眼睛。

「快點！伊莉莎白大人！要怎麼做！請您迅速地！立刻馬上！回答我！」

「知、知道了！余說，余會說的！」

鬼氣逼人的魄力讓伊莉莎白整個人跳了起來。

她流著冷汗，不知為何忸忸怩怩地開口說：

「那個啊，正確地說，跟小孩子有點不同……可以將混合著櫂人跟小雛身體訊息的人造人素體，連同培養裝置一起放進小雛的腹部喔……呃，然後——」

「伊莉莎白大人，然後？然後呢呢呢呢呢呢呢呢呢呢呢呢呢呢呢呢呢呢呢呢呢呢呢呢？」

「呃，唔！然後……哎，就像這樣……別讓余說這個，好丟臉！就是做要做的事吧！那麼，接著櫂人的體液進入其中……呃，為何余非說這種事情不可啊啊啊啊啊啊啊啊啊啊啊啊啊啊啊啊！」

「伊莉莎白小姐，也請妳冷靜！請不要揍我！」

「伊莉莎白大人！快點，快點！接著說下去！伊莉莎白大人是能幹的孩子！」

小雛猛然轉動大斧並高聲催促。

伊莉莎白用粉拳搥櫂人，自暴自棄似的接著說：

「哎呀！然後啊！以進入體內的那個為基礎，在小雛腹中培育人造人！以櫂人使用魔力輔助排出體外的方式，哎，就完成了像是你們的小孩子的東西喔！」

如何！伊莉莎白如此說完——或許是思緒兜了一大圈後豁出去了——挺起胸膛，卻沒有回應。小雛無言地揮著槍斧，伊莉莎白變得喪氣。

「……究竟是有哪裡不行啊？」

「妳消沉的速度意外地快啊。」

在兩人眼前，小雛白皙的肩膀微微地、激烈地顫抖起來。

「呵呵……………………………………………………………………………………呵呵呵！」

「小、小雛？」

「小雛小姐？」

「跟櫂人大人的小孩啊啊！」

聲音爆發，齒輪在小雛體內高速轉動，甚至發出蒸氣洩出的噗咻聲響。白煙猛然從她耳中噴出。

櫂人慌張地抓住纖細肩膀，心神大亂地發出懇求聲。

「小、小雛！妳沒事吧，別丟下我一人死掉啊，小雛！」

「呵呵呵呵，呵呵呵呵呵呵呵呵呵呵呵呵呵呵呵呵呵………………呵！」

她罕見地沒有回應他。

在那瞬間，小雛用爆炸般的勁道猛踹地面。她在原地留下殘影揮出槍斧。

戴著狼頭套的複製品噴著血，被轟飛至空中。他發出劃破虛空的聲響在空中飛舞，然後被狠狠擊落至地面。

他的身軀淒慘地彎折成弓狀。

「王」的複製品顯然也動搖了。他不敢大意地重新舉劍，小雛用足以讓人驚異的流暢動作踏進他懷中。她猛然瞪大翠綠眼眸，發出滲有歡喜之情的聲音。

「啊啊，多麼棒啊！這世界顯然是樂園！小孩全部弄成長得像是櫂人大人的可愛孩子吧！做十二個人，永永遠遠地過著幸福生活吧！就算是為了這件事也不能再這樣下去了！你就速速去死吧啊啊啊啊！」

小雛的猛攻，讓全身式鎧甲慘遭修理，漸漸凹陷。

櫂人與伊莉莎白感到愕然，旁觀這一連串的光景。

「…………………………………………………你的新娘，好厲害啊。」

「…………………………………………………我的新娘，好厲害呢。」

不久後，兩人無力地如此低喃。

有的時候，決心或是衝動這種強烈情感——不論那是負面情感，或是正面情感——會帶給人類非比尋常的力量。然而到了這個地步，兩人有點搞不懂該怎麼說才好了。

小雛一度猛力地斬飛「王」的複製品。腳步略有不穩卻還在動的全身鎧就在眼前，她帶著笑容回過頭。

「啊，兩位。事情就是這樣，所以請將這裡交給小雛吧！因為這傢伙有一點硬，似乎得花上一些時間才能削光呢！」

「呃，喔。」

「拜、拜託妳嘍。」

「還有，櫂人大人也覺得生十二個小孩就行嗎？還是要更多呢？」

「總之就先十二個吧！關、關於細節，再找時間好好談一談啊！」

「好的！畢竟對我們兩人來說這是大事呢！哎呀，你又主動攻上來了嗎？好呀！去死吧啊啊啊啊啊啊啊啊啊啊！」

不管怎麼想，現在的小雛都不像會輸的樣子。

決定將現場交給她處理後，兩人發足急奔。將小雛卯起來痛毆全身式鎧甲的聲音拋至身後，櫂人他們加快腳步。

就這樣，兩人終於侵入肉塊內部——惡魔的內側。

＊＊＊

以肉組成的隧道內部，看起來也像是人的腹中。

櫂人他們衝下感覺也像是產道或食道的道路。簡直像是被怪物吞噬，或是在母親體內逆流而上似的。

附近充斥嗆鼻的濃厚血腥味。用不著說，也可以從那兒感受到強烈的生命力。然而不可思議的是，裡面卻也混雜著一抹彷彿隨時會消失的孱弱感。

或許是被拉．謬爾茲削除力量，肉塊確實喪失著魔力。

（被弱化的「王」跟「大君主」的本體應該就在前面的某處。）

櫂人如此心想，放亮日光前行。他們鞋底發出拍擊肉塊的濕潤聲音，趕往前方。櫂人他們簡直像是下到奈落地獄，順著道路不斷朝下方深入。

「發現了嗎？」

「……嗯嗯。」

不久後，兩人感受到某種變化。震動整個肉塊的鼓動聲漸漸變大。撲通撲通，邪惡生命的呼吸節奏敲擊權人他們的全身。

（核心恐怕就在附近吧。）

他們衝過令人聯想到粗大血管的道路，前方有著一片開闊的空間。

血肉氣息變得濃烈。停下腳步環視周圍後，權人不由得感到作嘔。

「這是……」

「多麼奇怪的扭曲啊。」

周遭的肉壁被挖成圓形。壁面彷彿隨時會崩塌，被半埋在內部的肋骨支撐著。有兩隻巨人分量的臟器沿著肋骨聚集在一起，然而其配置位置本身卻是亂七八糟。

兩顆心臟讓彼此的血管糾纏在一起，並排脈動著。互相融合的肺部滾在地上，半融化的大腦散落在周圍。

超越詭異，多麼奇葩的模樣，甚至有些滑稽。

簡直像是改變尺寸的人類臟器展覽會。

從頭到尾確認完後，權人將視線移回心臟。定睛一看，右心房與左心房中間各有一具人型黑影在蠕動。「王」與「大君主」的本體沉浸血液中吧。

為了放出拷問器具，伊莉莎白無言地舉起右手。然而就在此時，「皇帝」卻少見地豎起毛低吼：

『小鬼，你看那個。』

「嗯？……那是什麼啊？」

在「皇帝」的催促下，櫂人將視線望向左手邊的肉壁。

那兒嵌著兩種臟器。然而，櫂人不曉得帶有圓潤感的塊狀物是何物。不過思考到三具侍從兵的瞬間，他自然而然地領悟到那是什麼東西。

「王」、「大君主」、「君主」的複製品之中，兩具是男性，一具是女性。

「君主」跟「王」是男性。既然如此，「大君主」就是女性吧。

兩個臟器是子宮跟精巢。不過，「皇帝」指的並不是那個。

『不曉得，對吾而言那是未知物。吾【皇帝】竟不知它為何物，那東西很異常喔。』

女性特有的臟器，與男性特有的臟器融合在一起。

而且有奇妙的肉繭宛如腫瘤般長在兩個臟器的接縫處。

狀似菌絲的纖維柔軟地編織出肉繭，裡面充滿了水，有不是「王」跟「大君主」本體的另一道小小影子生氣勃勃地蠕動著。

這裡有不應該存在於此處的生物。

這個事實擺在眼前，櫂人僵住了。伊莉莎白也皺起眉毛。

「這是，該不會……」

她思考了半晌，吸了一小口氣，然後瞪大眼睛，口吐可怕的推測。

「惡魔之間打算生小孩嗎？」

「唔！這種事有可能嗎？」

「如果是惡魔契約者之間的小孩，就有可能啊。那只是普通人而已……不過，與惡魔融合改變樣貌後的肉塊之間生出小孩，這種事可是前所未聞。」

『沒錯，正如小姑娘所言。惡魔是只為了破壞而生的存在——這是冒瀆！是對吾等這種存在的冒瀆喔！』

『就我的角度來說，是非常有趣的生物就是了……這東西別說是世界，甚至違逆了神與惡魔的理法，連【皇帝】也是勃然大怒。在他誕生前令其回歸於零比較安全吧。』

「皇帝」大喊，弗拉德也少見地用認真語調低喃。

櫂人感覺額頭浮現冷汗。

（硬是趕到這裡是正確的決定。）

誰都不知道居然會有這種東西正在發育。伊莉莎白看透惡魔會增加力量而出兵的舉動，在意想不到之處有了意義。

櫂人與她朝彼此點頭，兩人改變目標。

他們就這樣準備朝胎兒釋出攻擊的瞬間。

整個房間蠢動，牆壁蠕動。是某物要出現了嗎——伊莉莎白等人如此心想，謹慎地擺出架勢。不過，這個警戒造成了反效果。

在那瞬間，四面八方湧出無數「王」的臉龐。

「————！」

肌肉鬆弛的髒臉上只有眼球骨溜溜地動著。無數眼球映著兩人。鬆垮脣瓣拖著口水絲線，大大地張開。

帶有顏色的咆哮一齊釋出。

這是沒在臉龐出現前踹向地面就無法閃避的一擊。

「伊莉莎白！」

櫂人的叫聲被抹消。

兩人漸漸被捲入灰色的聲音漩渦之中。

天空崩塌，大地崩塌，有人在哭泣，有人在嗤笑——

然後，櫂人的視野被關閉了。

菲歐蕾

弗拉德的老友，同時也是「大王」的契約者。與惡魔訂下契約前就是弗拉德的好友。擁有在很久以前與弗拉德一同炒熱舞會氣氛的過去。

fremdtorturchen
6
她的意念

有疼痛感。

只有疼痛感。

權人前世的記憶總是以此為始，以此為終。

全身被懷念的痛楚折磨，他睜開眼。

回過神時，櫂人橫躺在潮濕的榻榻米上面。

（————咦？）

蒼蠅發出嗡嗡嗡的聲音，從他的眼球上面飛走。

櫂人環視周圍。略髒的日光燈在天花板震動著。窗戶玻璃有嚴重裂痕，貼上膠帶補修了起來。和式桌下方躺著自己脫落的牙齒。

接著，櫂人確認自己的身體。襯衫緊貼在單薄的胸口，因汗漬與嘔吐物而變硬。右臂被無數道裂傷覆蓋，左臂染成了紅黑色。

腳踝朝奇怪的方向折彎，腹部有如內臟破裂似的悶痛。

櫂人好好地確認了自己的處境。他橫躺在自己前世被殺掉的房間裡，簡直像是在說轉生後的一切全是臨死前作的夢。

在這種惡劣至極的狀況下，他如此心想。

（怎麼，「又是這裡嗎」？）

櫂人記得「這個」。

在「皇帝」的試練儀式中，他有過完全相同的經驗。

同時，櫂人也理解了拉．謬爾茲的死亡原因，以及「王」的精神攻擊的概要。

第一級幻獸精靈的召喚雖然位階比「神」低，卻有著將性質類似的存在從高次元拉出來的意義。為了達到目的，跟「神」之間必須存在強大的連接——除了受難聖女外——要讓這股力量寄宿於現世之身，而且強度還要在一定程度以上的話，沒有人能保持精神正常。

沒錯，伊莉莎白這樣說過。

（拉．謬爾茲的精神與記憶被倒回至她發瘋前的樣子。）

然後她精神錯亂，乃至於突發性地自殺了。

（這的確很難熬啊……幾乎對所有聖騎士都沒效果吧。不過，對有心靈創傷的人而言卻相當難受。如果這是第一次，我也會很不妙呢。）

權人這樣思考，跟以前一樣勉強撐起身軀。幾乎是皮包骨的身軀光是呼吸就發出激烈的嘎吱聲。然而就算嘔出胃酸，他仍是搖搖晃晃地邁出步伐。

（要怎麼做，這場夢才會醒呢……考慮到拉．謬爾茲的狀況，如果在這裡自殺，我覺得真正的身體好像也會死啊。）

權人就某種意義來說冷靜得傻氣地煩惱，拖著骨折的腿前進。

就在此時，傳來玄關門扉開啟的聲音。走廊被激烈地踏響，是父親回來了吧。權人反射性抬起臉龐後，停下腳步。

紙門被打開，父親怒喝著些什麼。

「權人，你……唔喔？」

權人——配合他衝進來的時機——瞬間將拳頭埋進那張臉龐。雖然讓自己骨折，權人仍是漂亮地將手臂揮到底。

父親的臉高高地噴出血，鼻子完美地扁掉了。或許是腦部被晃到，他漂亮地失去意識。父親被自身鼻血沾滿全身，翻著白眼可悲地昏了過去。

「——礙事。」

權人冷冷地撂下話語，完全無視在長年的虐待之後殺掉自己的人。權人連一眼都沒望向父親，就這樣從紙門那邊走出去。

他拖著劇痛的身軀在潮濕的走廊上前進，然後打開玄關的門。

另一側是一片全然的黑暗。

「……嗯——來這招嗎？」

如果是人類，就會本能性地感到恐懼的黑暗就在眼前，然而櫂人卻只是如此低喃。以前，他曾在類似的空間裡度過長達數百年的體感時間，因此事到如今他根本就不會害怕。櫂人毫無懼意，筆直地邁步走向裡面。

他已經曉得不前進的話，就什麼都得不到。

（這裡也跟「皇帝」的試鍊場所很相似呢。）

櫂人如此思考。回過神時——跟試鍊場所一樣——失去了身體的感覺。他成為只有意識的存在。這裡沒有觀察、接觸、定義櫂人的存在。他沒有任何東西能用來確認自身感覺。在觸覺跟視覺還有聽覺都不構成意義的空間裡，光靠自我意義證明自身存在果然很困難。然而，就算在這種殘酷世界裡，他仍然沒有迷惘。

櫂人尋求脫逃路線，默默走著路。

在黑暗之中，他不斷朝內部深深地、深深地前進。

就在此時，櫂人停下腳步。

美妙歌聲傳入耳中。

溫柔曲調是用某人耳熟的聲音做出來的。

（這首歌是——）

實際上櫂人並沒有聽過這個。因為注意到時，他就已經沒有母親了。即使如此，這種溫柔的聲音一定就是那個吧——櫂人不由得這樣覺得。

（這一定就是——）

搖籃曲。

＊＊＊

櫂人順著歌聲走路。愈是接近柔和聲音，他的視野也跟著漸漸變化。黑暗開始混雜著白光。殘留下來的陰影，在空無一物的空間裡描繪出明確的輪廓。

不久後，視野完全放晴。

回過神時，櫂人站在小孩房裡面。

環視四周後，他如此思考。

（……這地方很眼熟啊。）

房間近似長方體，牆壁上貼著褪色的黃色花紋壁紙，窗邊設置著有如糖果般可愛的石膏擺飾。家具以白色做統一，有著金把手的美麗櫃子上方裝飾著布偶跟人偶。床被四根柱子圍住，上面擺放著被珍珠色被單裹住、裡面塞滿水鳥羽毛的厚實床墊。

而且在疊著無數層的毛毯之海上方，坐著一名少女。

是一名美麗的少女，但她卻背負著難以抹去的病容。

黑色長髮失去光澤，令人心痛地糾結著。感覺起來甚至不像人類的端整臉龐氣色慘白，嘴唇乾裂滿是鮮血。即使如此，她的表情卻安穩得不可思議。

籠罩死亡陰影的臉龐看起來有些寂寞，卻洋溢著清澈的笑意。

少女用鮮血將胸口弄得又紅又濕，編織著歌聲。

「…………伊莉莎白。」

「這首歌呀，是瑪麗安奴教我的喲。」

稚氣聲音響起。

沒想到會有回應，櫂人屏住呼吸。

在不知不覺間，少女將臉龐轉向他。她將櫂人映在大眼眸裡。他打算開口對少女──年幼的伊莉莎白──說些什麼，卻又停了下來。

（呼喚「瑪麗安奴」的聲音中，有著發自內心的親愛之情。）

瑪麗安奴是因伊莉莎白之故而發瘋，被櫂人所殺的女人。如果是原本的伊莉莎白，在呼喚那個名字時，會在懷念之情裡同時摻入深深悔恨與一抹苦澀。

如今的伊莉莎白，恐怕對自己的行為毫不知情。

就是因為察覺到這件事，櫂人只是安靜又溫柔地點頭。

「嗯嗯，是一首好歌啊，是溫柔的……搖籃曲。」

「對吧？只要我拜託，瑪麗安奴她呀，隨時都會唱給我聽喔！」

如此說道後，年幼的伊莉莎白挺起胸膛。不過在下個瞬間，她有如被箭射中似的激烈地弓起背。

伊莉莎白用小手壓住胸部，或許會吐出臟器似的咳了起來。

「……！……！唔，咳……咳咳咳，嘔呃！」

「沒事吧，伊莉莎白！」

櫂人慌張地衝向她，輕輕撫摸因痛苦而顫動的單薄背部。她痛苦的樣子並不尋常，只能這樣做讓櫂人感到很難受。

不久後，伊莉莎白平靜了下來。她擦拭嘴角的鮮血抬起臉龐。伊莉莎白將櫂人映在因淚水而濕潤的大眼瞳當中。

「謝謝，我已經沒事了喔……不過，咦？大哥哥是誰？」

「……我是……」

「這個房間裡明明只有我才對……究竟是從哪裡來的呢？」

櫂人不知該如何回應。要怎麼回答才好，他不曉得。

拷問姬的隨從沒有任何能夠——在不傷害年幼的伊莉莎白的情況下——告知她的真實。只要說出口，她就必定會感到痛苦吧。

（不知道幼小心靈是否受得了現實。）

櫂人如此迷惘，最後說出雖然曖昧卻不是謊言的話語。

「我呀，是妳的同伴喲。」

「同伴？」

「沒錯，不論發生什麼事，我都是妳的同伴。」

櫂人如此斷言。年幼的伊莉莎白重複眨了幾下眼睛，不可思議地歪歪頭。即使如此，善意似乎還是有正確地傳達到她那邊。

過了一會兒後，伊莉莎白浮現柔和的微笑。

「哦——這樣啊。」

「嗯，是呀。」

「欸，大哥哥？還想再聽伊莉莎白唱歌嗎？」

「……嗯嗯，想聽啊。」

「那麼，我來唱給你聽！」

活潑地如此說道後，伊莉莎白再次唱起歌。櫂人默默聽著溫柔的旋律。

有如扮家家酒般的安穩時光流逝。然而，野獸的低沉聲音卻突然響起，就像要打壞這種氛圍似的。櫂人猛然抬起臉龐。

窗戶另一側的遠方某處，有獵犬——像是在呼喚某人——吠叫著。

聽到有如趴伏在地面的聲音後，伊莉莎白身子顫抖。她用害怕的模樣緊緊抓住櫂人。

「不要……好怕，好怕喔。」

「伊莉莎白。」

「外面都是可怕的東西。不要，我受不了了……我不想『再』到外面去了。」

她的話語中有著令人感同身受的殘響。

聽到這句話的瞬間，櫂人猛然一驚。

（伊莉莎白年幼時身體虛弱，應該沒什麼機會離開城堡到外面去才對。）

既然如此，「這句話」是「何時」的她說出來的呢？

許久以前，櫂人就察覺到某個事實。

這裡是跟他一起被精神攻擊吞噬的伊莉莎白的世界。櫂人走在惡魔建造而成的空間裡，抵達了藉由兒時記憶構成的場所。在此地述說之事是年幼伊莉莎白的台詞，同時也是她現在的話語。

年幼的伊莉莎白不斷搖頭，她在大眼眸裡浮現淚水如此訴說。

「我已經受不了了啦……外面全是難受又恐怖的事……而且，大家都討厭我，非常非常地憎恨我呢。」

「……是嗎？」

「是啊！為了大家，為了瑪麗安奴，我還是死在這裡比較好喲……如此一來，這世上就不會誕生什麼『拷問姬』了。」

那句低喃愈到後面，就愈是失去稚氣感。

她用滲出確切絕望的口氣低喃。

「許多無辜人民也用不著死去。」

這是如今的伊莉莎白不肯說出口的話語。

年幼的伊莉莎白伸出發抖的手，緊緊抓住櫂人的衣襬。

「大哥哥是我的同伴吧？」

「……嗯嗯，是喔。」

「既然如此，一直跟我待在這裡吧？」

意想不到的話語讓櫂人瞪大眼睛。他目不轉睛地凝視她，伊莉莎白緩緩閉上大眼睛。

失去雙親，令家庭教師發狂，殺害人民，被天地萬物憎恨的女孩低喃。

「一個人，好寂寞。」

在那瞬間，櫂人非常用力地緊緊擁住她。

年幼的伊莉莎白輕輕吞了一口氣，櫂人用渾身之力裹住那副身軀。明明可能會很難受，

少女卻什麼也沒說地放鬆全身的力道。

有如要從全世界的苦難中守護對方似的，櫂人溫柔地緊擁孱弱身軀輕喃：

「我呀，有一個崇拜的人喔。」

「崇拜的人？」

「嗯嗯，那個人相當強，是一個可怕又殘酷的罪人。是被眾人厭惡、憎恨、丟石頭叫她去死的人。」

「……世上沒有這種人比較好喔。」

「不過啊，我卻被那個人拯救了。」

櫂人堅定地斷言。年幼的伊莉莎白沒有召喚他的記憶吧。即使如此，她的身軀仍然顫動了一下。少女溫順地被擁抱著，就這樣怯生生地囁語。

「……大哥哥？」

「大家說那個人簡直像惡魔，但我知道她會露出相當純真的笑容，比誰都還要高尚地活著，而且一直進行著嚴苛的戰鬥。我覺得那個人是我的Hero，是英雄。」

年幼的伊莉莎白微微動了身軀。櫂人放鬆手臂的力氣，探頭望向那張臉龐。現在的她跟年幼的她雖然相同，卻又不一樣。少女果然不曉得櫂人在說誰，所以露出不可思議的表情。

即使如此，櫂人還是對她露出微笑，溫柔地繼續說：

「我最喜歡那個人了。只要是為了她，無論什麼事我都做得到喔。」

「是嗎？」

「嗯，我跟戀人約好要一起活下去。不過，戀人也明白不珍惜那個人的我就不是我……所以只要是為了那個人，我什麼都當得了，什麼事都做得到。因為雖然沒對本人說過，但我真的很重視那個人。」

櫂人緩緩推開年幼伊莉莎白的肩膀，輕輕將她從自己身上分開。

櫂人靜靜地閉起眼。從某處遠方傳來狗的叫聲，最頂級的獵犬正在呼喚自己的主人。

用下定決心的表情睜開眼皮後，櫂人毫無迷惘地告訴年幼的伊莉莎白。

「所以我無法待在妳身邊，我要走了喔。」

「為何！為什麼！」

有如無法理解似的，年幼的伊莉莎白如此叫道。

她緊緊拉住他的手臂，就像在叫他不要走。不過，櫂人溫柔地揮開小手。他默默背對幼小身影，就這樣準備離開床。

在那瞬間，他的襯衫衣襬被成人的手抓住。

「『這是為什麼，櫂人』！」

「因為我喜歡妳啊，所以我不能待在這裡。」

他毫無迷惘也毫不害羞地如此告知。

在不知不覺間，他因汗與血而硬掉的襯衫，變成狀似軍服的衣裳。

櫂人頑固地不回頭望向後方，就這樣告訴伊莉莎白。

「妳想待在這裡的話，就留下來吧。我容許妳這樣做喔，我不會讓任何人有怨言的。如果妳已經不想戰鬥，那這樣就行了。妳已經努力夠了，所以由我代替妳去。」

「你在說什麼……」

「由我來殺掉『王』跟『大君主』，拯救王都喔……直到我殺掉『王』，這場夢也因此結束之前——不，或許不自行掙脫，它就會一直持續下去啊。如果妳要說這樣比較幸福，那這樣也行啊。所以，再見了，伊莉莎白。」

櫂人相當溫柔地低喃後邁出步伐。配合他前進的動作，揪住衣服的手指也失去了力量。伊莉莎白的手放開了。瀨名櫂人獨自走向黑暗，接著說：

「『拷問姬』伊莉莎白·雷·法紐。是高傲的狼，也是卑賤的母豬——就算全世界都向妳丟石頭，我也比這世上的任何人都覺得妳很尊貴。」

在最後如此告白後，櫂人準備離開房間。

就在他正要鑽過門扉之際。

喀的一聲，高跟鞋的堅硬聲響就在身邊。

櫂人大大地睜開眼睛。

烏黑柔亮的秀髮在近距離飄逸，內側染成緋紅色的裝飾布迎風翻飛，身穿煽情束縛風洋裝的美少女從他身邊通過。櫂人打算叫住白皙背影。

在那瞬間，一如往常的冰冷聲音打斷這個動作。

「不准愚弄余，櫂人。你以為余是誰？」

紅眼望向後方。她筆直地、無比傲氣地望著櫂人。

然後，被世間萬物捨棄的女孩強而有力地斷言。

「余之名為『拷問姬』伊莉莎白・雷・法紐，是高傲的狼，也是卑賤的母豬。」

這句話語讓櫂人閉上眼皮。他微微地——就像很無奈似的——露出笑容點頭。

接著緩緩睜開眼睛後，櫂人不由得眨了眨眼睛。

在他前方，伊莉莎白柔和地微笑著。

櫂人肩膀放鬆，毫不遲疑地朝她伸出手臂。手掌如同過去一樣，有如邀舞般張開，伊莉莎白將手疊上去。

櫂人用變成野獸之物的左手包覆白皙手掌。

然後，兩人朝狗叫聲邁開步伐。

＊＊＊

「————————！啊！」

『總算清醒了嗎，不肖的主人啊。再晚一點點的話，吾就要吃掉你了耶。』

『急躁真是你的壞毛病啊，【皇帝】。不過，【吾之後繼者】跟【吾之愛女(My Precious)】都平安無事地清醒，真是太好了。因為死在這裡的話會很無趣，而且連我都得陪葬呢。』

清醒的同時，吵死人的聲音迎接了櫂人。

他無視一人一狗，逕自環視四周。「王」的臉龐消失，肉壁恢復成原狀。然而，櫂人他們倒下去的身軀卻開始被吸進地板中。皮膚上已經分布著詭異的紅色纖維，繼續昏迷下去就危險了吧。

櫂人扯斷潛入皮膚下方的肌纖維，發出傻眼的聲音。

「……我說，『皇帝』啊，你肯呼喚救了我一命喔。不過，事情變成這樣前把我拖出來也沒關係吧？」

『吾說過如果你沒醒來就打算吃掉你吧？到那時候，吾是有預定要將你拿出來喔。』

「真的假的啊……想辦法處理一下你那種急躁的個性吧。我心裡只有一種預感，就是總有一天會被你咬殺。」

櫂人繼續拔出貼在身體的肉根。肌膚上開出小孔，全身噴出鮮血，然而他並不特別介意。櫂人望向旁邊，呼喚跟他一樣在拔肉根的身影。

「……伊莉莎白……」

沒有回應，她無言地起身。拍去裝飾布上的髒污後，伊莉莎白重新面向惡魔的胎兒。目不轉睛瞪視那東西後，她告訴櫂人：

「這個由余擊潰。你在追擊出現前殺掉『王』跟『大君主』的本體。」

「嗯嗯，了解。」

櫂人對一如往常——就像什麼事都沒發生過——的冷靜聲音點點頭。兩人背對背站著。他跟伊莉莎白宣告執行刑罰似的舉起單臂。

接著，兩人同時發出聲音。

「『斷頭刑（Behead）』。」

「——裂（La）開吧。」

伊莉莎白與櫂人揮出利刃，現場響起截斷血肉的沉重濕潤聲音。

櫂人眼前的心臟裂開，咕噗一聲溢出鮮血。兩具淒慘身軀撒布內臟，掉在肉上面。雖然已經融化，還是能勉強辨認出是男性與女性之物。「王」跟「大君主」死了。領悟到漫長戰鬥告終，櫂人鬆了一口氣。

在那瞬間，他背後響起緊迫聲音。

「————……殺不掉。」

「咦？」

「這個嬰兒！利刃砍不下去！」

伊莉莎白的話語讓櫂人回頭望向後方。

那兒有肉繭脈動著，應該被斬過的表面沒有半道傷痕。瞬間，繭從內側膨脹。怪異濕亮光澤的表面上開始出現紅色裂痕。

灰色手臂突破肉膜伸了出來。

羊水一口氣溢出，弄濕了櫂人他們的腳邊。他愣愣地望著這幅光景。「某物」輕輕掉到地上。

現場響起不合時宜的純真笑聲。

————呀哈！

就這樣，邪惡嬰兒在他們眼前誕生了。

伊莎貝拉・威卡

聖騎士團的現任團長。擁有強大魔力、崇高精神以及完美的劍術。曾在「串刺荒野」失去弟弟。

7 最後之戰

嬰兒有著扭曲的形狀。他的頭部極大，腹部宛如孕婦膨脹。肩胛骨異常發達，簡直像是長了翅膀似的。

嬰兒試圖爬行，然而做得並不順利，現場只有響起拍擊肉塊的詭異聲音。不久後那東西抬起臉龐，搖搖晃晃地將雙手伸向前方。

——媽媽，呀嘻，嘻嘻。

明明才剛誕生，那東西就已經在呼喚母親了。然而，那東西呼喚的母親究竟為何物呢？誰也不曉得那東西是在怎樣的概念下發出話語的。

「『擺錘(Pendulum)』。」

伊莉莎白毫無半點迷惘地彈響手指。肉塊天花板掉下被鎖鍊吊著的利刃，然後在空中停住。大大地擺向後方後，它朝嬰兒身邊逼近。

利刃撞上巨大頭部。

咕啾——歪斜聲音響起，然而嬰兒還活著。

——啊啊，啊哈！

利刃確實陷進那張臉龐。然而，並沒有切下去。

「——！」

嘻嘻，呀嘻嘻！

或許是將自己遭受攻擊之事誤認為某種遊戲，嬰兒笑了起來。

那東西用粗大手指抓住利刃，從自己臉上拿下它。嬰兒就這樣將體重放上利刃。

噗嘰一聲，銀鎖鍊斷掉了。伊莉莎白瞪大雙眼。

猛然墜落的利刃與鎖鍊切斷正下方的內臟，將它們擊潰。巨大腦袋發出聲響引發雪崩，看樣子嬰兒似乎被那東西吸引了注意力。

嬰兒抓住一部分灰色的肉，將它滿滿地塞進嘴裡。

嗯啊，嗯啊。

「在吃嗎？」

櫂人用嫌惡的聲音低喃。然而，嬰兒並沒有吞下大腦。

接觸到嬰兒的唾液後，被咬下去的部分全部變成灰。看起來也像是骨灰的粉沙沙沙沙地飄落累積在地上。這個嬰兒似乎會藉由「取食」破壞對象物。除此之外還有哪些行為會與破壞有關，根本不可能預料。

嬰兒無謂地將放入嘴裡的大腦變成灰，並開心地笑。

看到這副模樣，櫂人領悟到一件事。

（這隻生物沒有善惡之分。）

他存在於人類價值觀的遙遠外側。

問題是，要如何殺掉這東西。

嬰兒盡情地咬破自身周圍的臟器，而且他還咬上擺錘的利刃，開始將它變成灰。伊莉莎白連忙彈響手指消除拷問器具。

就像玩具被沒收般，嬰兒發出聲音氣了起來。然而，他立刻將其他的肉捏在手中。櫂人觀察這副模樣。就現狀而論，嬰兒並沒有足夠的自我意識。然而，所謂的生物是會成長的。這東西發育起來究竟會變成怎樣呢？

（呃，說起來……如果這個嬰兒把注意力放到我們這邊——）

櫂人如此擔憂時，嬰兒似乎終於對不會動的肉感到厭倦。大頭轉向櫂人他們這邊。同一時間，伊莉莎白與「皇帝」視線微微交會。

嬰兒沾滿血的嘴巴掉下灰。

明明才剛出生，那東西卻一邊從全身釋出死亡氣息一邊嗤笑。

——啊嘻？

『要走嘍，弗拉德的女兒！』

「用不著你說啊！」

「皇帝」如此叫道，伊莉莎白做出回應。在那瞬間，「皇帝」咬住櫂人的衣領，將他拋向空中。伊莉莎白飛身騎上「皇帝」的背。櫂人看準般落至她的身後。

「皇帝」同時以猛烈勁道踹向地面。

「嗚哇啊啊啊啊啊啊啊！唔！嘰！」

過分強烈的急加速讓櫂人差點咬到舌頭。「皇帝」用充滿彈力又有韌性的腳奔馳，駭人聲音從背後跟了過來。櫂人回頭望向後方。

嬰兒正在追向兩人。看到那個動作，櫂人感到全身冒出雞皮疙瘩。

嬰兒連身為生物要如何正確移動身體都不曉得。

那東西使用無視關節動作，看似軟體動物的爬行方式，散布著鮮血爬向這邊。「皇帝」逃離著那個東西，但他居然不是奔向肉塊的入口，而是衝向深處。

櫂人抱著粗大脖子，慌張地叫道：

「『皇帝』，不是要逃跑嗎？」

『少開玩笑了喔，小鬼！怎麼可以讓那種違反惡魔的驕傲，不知羞恥的愚蠢之物活著呢！吾要賭上惡魔的尊嚴，在這邊收拾他喔！』

「可是，方法呢！」

『放心吧，弗拉德的那個小姑娘有想法。吾要趁現在先講喔，小鬼！』

「什麼事？」

『要活下來啊，不肖的主人！』

發出不祥叫聲的同時，「皇帝」突然停下。

櫂人跟伊莉莎白被拋向空中。伊莉莎白悠然地；櫂人則是勉強落在肉塊上。兩人面前堵著一面牆，這是死路。

看樣子這裡似乎是肉塊的最深處。

櫂人回過頭後，嬰兒已經在眼前了。受到本能性的恐懼感驅使，他彈響手指。然而從空中飛過來的利刃卻被又肥又圓的手指夾住。

————唔？

嬰兒感到不可思議地發出聲音，朝利刃邊緣咬下去。灰不斷飄落。

緊張感與絕望感令櫂人吞了一口口水。

（不能讓那東西到外面去。不過，也不能被他吃掉。伊莉莎白打算幹什麼呢？）

「『示眾架（Pillory）』！」

在那瞬間，伊莉莎白如此大喊。黑暗與紅色花瓣在嬰兒周圍捲動。

現場出現兩片——開了兩個洞的——長方形板子。它們開啟後，用剛好讓嬰兒手腕與腳踝通過孔洞的形式閉闔。嬰兒變成從板子那邊伸出四肢的模樣。

手腳被封住，嬰兒歪頭露出困惑表情。然而，那些東西具備的能力只能拘束嬰兒一瞬間吧。就在櫂人如此擔憂之際。

「————這樣就夠了。」

有如讀取到他的疑惑般，伊莉莎白如此囁語。

同時，櫂人周圍的肉壁震動了起來。他連忙環視四周。至今為止明明保持著確切的硬度，肉卻軟綿綿地開始蠕動。

四肢被封住的嬰兒無法維持姿勢，就這樣朝左右兩邊滾來滾去。壁面不穩定地打著波浪，「皇帝」有如告知某事即將開始似的吠叫。弗拉德以甘美聲音低喃：

『惡魔的肉會在死亡的同時化為黑色羽毛。不過，在那之前會先崩垮啊。』

櫂人瞪大眼睛。

惡魔漸漸崩潰，他們卻偏偏就在最深處。

同時，櫂人自然而然地領悟到伊莉莎白的計畫。在這次的戰鬥中體悟過無數次其正確性的話語，在他的腦海裡重播。

『所謂的數量就是暴力。只要湊齊，就有它能做到的事。』

（這個也是，這樣。）

————唔唔？

肉塊天花板打著波浪，四肢被固定的嬰兒就這樣純真地仰望正上方。

這個邪惡的生物，利刃砍不下去。然而，就算給予半吊子的衝擊也沒意義吧。

既然如此，方法就只剩下一個。

連肉都來不及變成灰，一瞬間的壓殺。

在那瞬間，龐大數量的肉塊雪崩壓潰嬰兒。

＊＊＊

簡直像是世界壓上來似的。

吞噬王都三分之一人口、完全掩埋商業區與王城的一部分肉塊崩壞了。嬰兒束手無策地被吞入其中，然而櫂人他們的狀況也幾乎相同。

這一擊接近純粹的自然災害。正是因為如此，人是難以抗衡的。

大量紅色波濤蓋向他們，伊莉莎白瞬間喊道：

「『飢餓地牢（Death Low Cell）』！」

石壁在櫂人他們的四周展開，他們被關進沒有窗戶跟門扉的狹窄房間。

這是監禁囚犯，將他們餓死的拷問器具。

在那一瞬間，石壁阻止了櫂人他們被肉吞噬的結果。不過就抵抗而論，它實在太空虛了。受到土石流直擊，石材建築物不可能撐得住。

石壁瞬間崩倒。不過，伊莉莎白用快到眼睛看不清的速度再次展開同樣的牆壁。櫂人只是愣愣地站在原地，就這樣領悟到一個事實。

（嬰兒沒有，而我們這邊有的就只有魔法技術。）

伊莉莎白徹底地使用它，不斷揮開壓上來的死亡。

她無數次、無數次地展開石壁，感覺也像是永遠的時光流逝。在那最後，周圍的流動真的很細微地——變緩了。伊莉莎白沒看漏微小的變化大叫：

「『優秀的處刑者』、『人偶火刑』！」

「……同時展開……喂，太亂來了吧。」

櫂人低聲囁語。石壁外側響起轟音。他藉由聲音推測發生了什麼事。「人偶火刑」將肉塊納入至極限燃燒它們，而「優秀的處刑者」則是撥開那些灰燼，將房間擠進縫隙中。

每次巨人輸給肉塊時，伊莉莎白就會耿直地繼續同時展開拷問器具。

「……伊莉莎白。」

「——————————唔，唔唔唔！」

汗水變成水珠浮現在額頭上。那些水珠陸續崩潰，流落至下巴前端。

她以只是量很大——就是這樣才恐怖——的肉塊為對手，持續著豁命的鬥爭。「皇帝」與弗拉德很感興趣地眺望那副模樣。櫂人握緊拳頭，如今的他是無力的。櫂人只能相信伊莉莎白，持續佇立在轟音之中。

經過了很久很久的時間。

巨人將石壁大大地推高。

在那瞬間，激烈的振動與聲音停止了。伊莉莎白放下刺向前方的手臂，膝蓋也跟著落地。同一時間，周圍的牆壁有如被弄熱的吹糖工藝品開始融化。

失去石壁地板，櫂人他們被拋向外面。

首先映入眼簾的是灰色天空。

他們四周是一整片的大量灰燼與肉海。

只要走錯一步，櫂人他們應該也會被壓在下面才對。面對整個視野都是腥臭肉塊四處散布的異樣光景，他們只能愣愣地站在原地。

不久後在壓倒性的靜寂之中，櫂人喃喃開口。

「……結束了嗎？」

在那瞬間，被塗成灰色的一部分肉塊向上隆起蠕動了。紅色的某物從裡面衝向這裡。

那東西全身被壓扁，醜陋地呈現半崩潰狀態，卻還用嚇人的大音量嗤笑。

呀哈哈哈哈，啊哈哈哈哈哈哈哈哈哈哈哈，呀哈哈哈哈哈哈哈哈！

嬰兒吐著血，撲向伊莉莎白。

「伊莉莎白！」

櫂人大叫。伊莉莎白跪在地面，就這樣伸出手。她從黑暗與紅色花瓣的漩渦中抽出弗蘭肯塔爾斬首用劍。

伊莉莎白如箭矢般踹向地面。

嘻嘻嘻嘻嘻嘻嘻嘻嘻嘻，呀嘻嘻嘻嘻嘻嘻嘻，啊哈哈哈哈哈！

「————————你可以，沉眠了。」

「拷問姬」與瘋狂大笑的嬰兒錯身而過。

在那瞬間，一切事物都凍結了。

櫂人屏住呼吸。隔了數秒鐘的沉默後，嬰兒的巨大頭部發出輕響掉落。

利刃終於砍下消耗至極限的嬰兒。

在下個瞬間，那東西與周圍的肉塊有如聽見某人下令般消失了。

失去腳底的支撐，櫂人他們被拍擊般狠狠摔向地面。無數黑羽輕飄飄地在他們面前飛舞而起。

它們有如祝福般，漸漸掩埋天空。

面對莊嚴的美麗光景，櫂人發現一件事。惡魔的世界開始產生某種變化。至今為止都被遮住的陽光，開始明確地照到底部。

在光輝之中，嬰兒的屍體也變成了特別大根的羽毛。它輕飄飄地隨風流逝。

不久後，羽毛燃起蒼藍火焰。櫂人閉上眼皮，有如深深玩味似的低喃：

「…………結束了啊。」

就這樣，最後之戰終於閉幕了。

＊＊＊

櫂人環視周圍。

或許是因為惡魔的世界崩塌，弗拉德跟「皇帝」消失了。

伊莉莎白癱倒般雙膝落地。除了用來維持生有惡魔之根的身軀的那部分外，魔力幾乎用光，需要花上很長一段時間才有辦法完全復原吧。

櫂人望著毫無防備到令人吃驚的背，並且改變表情。他一臉嚴肅地衝到她身邊。自己也跪在她前方後，櫂人對孱弱身影搭話。

「伊莉莎白，趁現在逃走吧。」

「………」

沒有回應。伊莉莎白深深地垂著臉龐，一動也不動。他拚命地抓起她的手。就像過去的某時一樣，櫂人——有如告知誓言般——向她訴說：

「在『王』的精神攻擊中，我聽到了妳的真心話。一起走吧。以後也跟我還有小雛一起活下去吧。如此一來一切就結束了，我絕對不會讓妳孤單的！」

聽到這個訴求後，伊莉莎白抬起臉龐。

在糾結的黑髮中，她確實露出了一瞬間的微笑。伊莉莎白讓紅眸泛出水光，打算說些什麼。不過就像從夢中清醒似的，她立刻改變了表情。

伊莉莎白緊緊抿住脣瓣。她發出聲音，揮開櫂人的手。

伊莉莎白朝啞口無言的他搖搖頭。

「余之前也說過吧，櫂人。你自己一個人回城，然後帶著小雛逃走吧。」

「妳說一個人很寂寞！」

「閉嘴，這是約定！」

伊莉莎白慘叫似的叫道。

語調明明很激烈，那道聲音卻徹底扼殺了所有情感。

「這是余與人民，以及受余虐待之人訂下的契約！」

在那瞬間，被「拷問姬」傲慢地大塊朵頤的人們的身影閃過櫂人的腦海。男人、女人、小孩、老人——沒有半絲尊嚴的無數屍骸——陸續發出怨嘆聲音。

可恨的伊莉莎白，駭人的伊莉莎白，醜惡又殘忍的伊莉莎白！

受詛咒吧，受詛咒吧，受詛咒吧，受詛咒吧，永遠受詛咒吧，伊莉莎白！

她對那些叫聲發了誓，所以才「恬不知恥」地苟活至今。

櫂人不由自主失去應該要對她說的話，伊莉莎白不斷搖頭。

她再次望向他。

那張臉龐盈滿溫柔又難受、疲倦至極的微笑。

「去吧……你走吧……離開吧，快逃。去建立家庭，別再讓任何人哭泣了。你自己也不准哭泣，要幸福地度過一生喔。」

「……伊莉莎白。」

「你什麼都無需背負。傷害諸多事物，被世界憎恨，一直背負罪孽是很沉重的命運。」

有如祈禱般如此說道後，伊莉莎白伸出手。她用不像自己的觸摸方式——簡直像是雙目被毀也不會忘卻——以掌心包覆他的臉頰。

實際上伊莉莎白要接受異端審問，所以也是有這種可能性。

即使如此，她仍是一味地帶著溫柔目光低喃。

「……對你來說，這實在是不堪負荷喔。」

看見說服稚子般的表情，櫂人有所領悟。

他不得不領悟。

（在這裡不論如何呼喚，伊莉莎白都不會握住我的手吧。）

這就是伊莉莎白·雷·法紐的誓言，也是約定。

即使強硬地將她帶走，她也會為了背負自身罪孽而回來吧。

就只是為了以「拷問姬」的身分死去。

「我心愛的大人，我重要的伊莉莎白大人！兩位在哪裡？平安無事嗎啊啊！」

就在此時，聲音傳進耳中。

某人踩踏乾枯大地，忙碌又拚了命地四處奔馳。看樣子小雛似乎也平安無事。她雖然在附近一帶疾馳，不過察覺到兩人後她就猛然停住了。

小雛扔掉槍斧，小狗般衝到櫂人他們身邊。

「啊，啊啊！太好了！兩位真的都平安無事！沒有比這還令人喜悅的——」

「……走吧，小雛。」

櫂人低聲打斷天真無邪的歡呼聲。

或許是察覺到異變，小雛僵著笑容停下腳步。她目不轉睛地來回望著伊莉莎白跟櫂人。

櫂人留下仍坐著的伊莉莎白，自己站了起來。

小雛彷彿察覺到什麼，發出聲音。

「可是，櫂人大人，伊莉莎白大人她……伊莉莎白大人？是怎麼了嗎？我們回去吧？我會做好多菜慶祝戰爭結束喔！也會做很多美味的內臟料理跟甜點……所以，來嘛，請站起來！伊莉莎白大人真是的！」

「別管了，走吧。」

「可是，怎麼這樣……為什麼……我不要！我，小雛討厭這樣！伊莉莎白大人不一起走的話，我——」

「別管了！」

櫂人抱住小雛的肩膀，強硬地邁開步伐。翠綠色眼眸有如隨時會哭出來似的扭曲，小雛還想要表示些什麼。然而，她卻在此時猛然一驚，閉上了嘴。

櫂人的手在發抖。察覺到這件事後，小雛搖搖頭嚥下激情。

櫂人就這樣打算遠去，然而他的腳步卻漸漸變慢。他有如難以承受似的停下步伐。櫂人回頭望向伊莉莎白。

她直勾勾地凝視他。微微一笑後，伊莉莎白喃道：

「為何露出那種難看的表情，再高興一點吧，櫂人。你硬是被『拷問姬』弄得復活，與惡魔戰鬥的惡夢在這邊就結束了喔。」

「……伊莉莎白大人。」

「妳也一樣，小雛。請不要哭泣啊，因為笑容才適合妳喔。」

「伊莉莎白大人，我……我……」

「保重嘍……永遠過著幸福的生活吧。」

伊莉莎白注視小雛的眼神，就像看著珍視的妹妹似的。在那之後，她再次望向櫂人那邊。兩人靜靜地互相凝視。

伊莉莎白在猶豫某事似的搖搖頭。不過，她卻用話語自然而然漏出脣間的口氣囁語。

「約會，很開心喔。」

「嗯嗯…………我也是。」

這一定不是以「拷問姬」或主人的身分說出的話。

而是伊莉莎白・雷・法紐本人說出的話語。

櫂人以這句話為句點彈響手指，蒼藍花瓣與黑色羽毛飛舞四散。

他與小雛的身影消失得無影無蹤，只留下伊莉莎白一人。

不久，她細細地、深深地呼出一口氣。

伊莉莎白用清澈雙目仰望天空。耀眼光線從沉重的灰雲縫隙之間灑向這邊，眾聖騎士的腳步聲傳入耳中。伊莉莎白背對著那些聲音，有如要哭出來似的扭曲臉龐。然而，她立刻切換成浮現沉穩微笑的表情，然後低喃：

「余的惡夢也已經結束了啊。」

然後，「拷問姬」緩緩地——

用剩餘的時間編織出搖籃曲。

8 命運的結局

那間牢獄沒有窗戶，總是很昏暗。有如水底般冰冷的空氣甚至發出霉味。這是長時間被拘留於此，就會因寒氣與濕氣而傷身導致吐血的一個房間。

天花板有蜈蚣爬行，老鼠也從牆上的洞進進出出。

在這樣惡劣的獨居房地板上，橫躺著一個女孩。

她的側臉美得不像是人類之物。散布在地板上的秀髮烏黑亮麗，肌膚如雪般潔白，唇瓣彷彿滲血般艷紅。然而，究竟是犯下了怎樣的恐怖罪行，她的纖細手腳都被拘束服綁著。

女孩一動也不動地躺在冰冷石板地上。

她就這樣安靜地閉著眼睛。

由於孤身一人的居民堅持不說話的關係，獨居房裡充斥著深沉的靜寂。然而，感覺像是會永遠持續的沉默卻突然被打破了。

門扉開啟。

瞬間，光線射進室內。不過嘎吱聲發出的同時，房間立刻變回昏暗狀態。

女性聖騎士在背後帶上門扉。

她是一名美女，有著很適合那身白銀鎧甲的完美銀髮與藍紫雙眸。但那張臉上卻爬著數道醜陋傷疤，簡直像從內側裂開似的。即使如此，仍絲毫未損她那副凜然美貌的本質。

聖騎士俯視被束縛的女孩。明明有察覺到訪客，她卻沒有移動身軀。

等了一會兒後，聖騎士──伊莎貝拉──緩緩開口。

「伊莉莎白・雷・法紐。」

「是伊莎貝拉啊……妳還活著嗎？」

「勉勉強強啊。雖然無法承受魔力的壓力，全身從內側裂開，不過我平安無事。」

「哼，留下傷痕了嗎……愚蠢的傢伙啊。」

「非常感謝妳的體貼。不過，這是我的榮耀。我毫不後悔。」

「余才沒體貼妳喔……那麼，有什麼事嗎？」

「今天是前來見妳的。」

伊莎貝拉如此回應。她話一說完，伊莉莎白就緊緊閉上嘴巴。那副模樣簡直像是對自身處境毫無興趣。

看到她的反應迷惘了半晌後，伊莎貝拉用沉穩語調接著說：

「有一件事要向妳報告。」

「……何事？」

「妳的隨從瀨名櫂人，現在還是沒有找到。教會開始搜索時，城堡那邊已經人去樓空了。他與一些財寶還有機械人偶一起失蹤了。」

「……追兵呢？」

「有派出去，不過他是『皇帝』的契約者。只是將那股力量集中用來逃亡的話，要找到他很困難吧。」

「……是啊。」

伊莉莎白簡短地回答，伊莎貝拉誠懇地點頭回應。講完話後，她毛躁地環視周圍。然後，伊莎貝拉忽然又繼續無意義的閒聊。

「這房間不但很冷，而且又暗呢。這待遇似乎不能說是很好。」

「以余所犯之罪，光是免除審問與拷問，就可以說是破格的待遇喔。」

「是嗎……哎呀，這裡的拘束帶是不是鬆掉了？」

伊莎貝拉——簡直像是講給門另一側的人聽——刻意用明確語調如此說道，然後蹲了下來。她用指尖輕撫完全沒鬆掉的皮帶。

伊莎貝拉就這樣將臉龐湊近至伊莉莎白耳畔。

「安靜聽我說，伊莉莎白。」

「…………」

「在教會裡面，只有極少部分的人如此判斷。不過，我在哥多·德歐斯被廢棄前成功見了他一面，他跟我都希望妳活下去。十四惡魔雖然已經死掉，人的欲望卻是無窮無盡。不能保證今後不會出現新的契約者。的確，妳必須贖罪才行，人類也需要共同的敵人。然而，我們不能失去妳的力量。」

「……哼。」

「既然需要『拷問姬』身受火刑的這個象徵，國家就不會推翻這個判斷吧。可是，如果妳有意逃獄，就算會被控訴反叛罪，我也要動用心腹的部下。伊莉莎白，妳無意逃走嗎？妳明明戰鬥成那樣耶。」

伊莎貝拉在這邊中斷話語。

再次輕撫束縛「拷問姬」的皮帶後，她悲傷地接著說道：

「妳雖然殺了很多人，卻也拯救了很多人。妳是『拷問姬』，同時也是英雄。」

「…………」

「我認為不該無視這個事實。如果妳有意逃獄，就點點頭吧。」

弟弟被「拷問姬」殺害的聖騎士如此催促。即使如此，伊莉莎白還是沒有點頭。伊莎貝拉等待著，然而在不算短暫的沉默之後，她搖搖頭站了起來。

「唔……看樣子似乎是我神經過敏了。」

對門的另一側如此告知後，伊莎貝拉離開伊莉莎白身邊。

她在淒慘傷痕之間發出光輝的藍紫雙眸中，映著只是在等死的罪人。

伊莎貝拉靜靜凝視拯救王都的救世主，殺害無辜人民與弟弟的虐殺者。然而她卻再次搖頭，然後切換了表情。伊莎貝拉用嚴肅的武人面孔開口說：

「那麼，身為教會派遣的使者，我要在此宣布。」

然後，聖騎士團長伊莎貝拉・威卡告知「拷問姬」：

「伊莉莎白・雷・法紐，隔天凌晨妳就要被處死。」

沒有回答。

伊莉莎白只是微微點頭，就像肯定自身命運似的。

＊＊＊

這件事發生在伊莎貝拉為了做出宣言而來到伊莉莎白身邊的十多天前。

惡名昭彰的「拷問姬」的處刑布告流傳出去的同時，就迅速傳遍了整座王都。

受惡魔蹂躪而無法散去的恐懼、憤怒、絕望、憤慨，輕易地傾向了被推出來示眾的對象。預定要執行火刑的廣場上，在這則通報之後就立刻聚集了許多人，甚至為了搶占好位置而連日發生爭端。

而且，如今廣場即將迎向處刑的早晨。

不久後太陽升起，宛如將不祥實體化的漆黑馬車同時出現。

民眾一齊發出罵聲。在石頭也滿天飛舞的情況下，馬車的門扉開啟。

「拷問姬」一心沐浴著許多惡意，一邊現身。她被迫穿上破爛的白色連身裙，象徵性地用荊棘綁縛，這也有強烈的殺雞儆猴的意義在裡面吧。

貌美女孩全身滲血，在通往火刑台的路上前進。

一路上的人群發出憎恨聲音，他們握緊拳頭發出咆哮。

殺吧，殺吧，殺吧，殺吧，殺吧，殺吧。

可恨的伊莉莎白，駭人的伊莉莎白，醜惡又殘忍的伊莉莎白！

就算聽到這些聲音，她的表情也沒怎麼垮掉。伊莉莎白在唇瓣上盈滿淡淡笑意，就這樣環視憤怒大吼的群眾。然而，她忽然疑惑地皺起眉。

在人群裡，有人將不同於憎惡與恐懼的情感投向這邊。

曾經天真無邪地做出評語，說權人的手臂很帥氣的少女哭喪著臉。她的母親也用看到可憐之人的同情視線望向伊莉莎白。

以前曾經跪在她面前道謝的老婆婆，用顫抖的手拉住周遭之人的衣袖。雖然沒被發現就被揮開，或是被粗魯地對待，老婆婆還是拚命地試圖訴說些什麼。

與群眾相比雖然寥寥可數，還是有人——就算被罵聲抹消，也還是不放棄地——大叫著些什麼。說「不要殺她」的悲痛呼喚聲，瞬間敲擊伊莉莎白的耳朵。

說拯救自己還有家族的人不是別人，就是她。

就是稀世大罪人，同時也是殺人者的「拷問姬」。

「……每個傢伙都是呆子呢。」

伊莉莎白輕聲低喃後，邁開步伐。

不久後，她抵達火刑台。伊莉莎白拒絕處刑人伸出的粗糙手臂，用自己的腳爬上木製台階。數人的手臂將她的身軀固定在柱子上。

司祭接近她。他準備詠唱祈禱詞時，伊莉莎白出言打斷。

「事到如今，什麼禱告根本無用。省略吧。」

「不過，祈禱可以將妳——」

「囉嗦，余無可救藥，這就是一切。」

「……既然已有所覺悟，那就尊重妳的意願吧。那麼，有什麼遺言嗎？」

「……………——沒有。」

猶豫數秒鐘後，伊莉莎白如此回應。

她閉上眼瞼，接著張開，然後緩緩搖頭。

「余沒有任何遺言要留給誰。」

司祭點點頭離開現場，臉龐用皮袋遮住的處刑人交替似的接近她。他用拿在自己手上的火把點燃堆積在伊莉莎白腳邊的乾柴。

周圍一起發出歡呼。就像弗拉德以前那樣，她開始被人類的火焰燒灼。伊莉莎白透過冒出的灰煙，望向民眾在另一側的喜悅身影。

她腳趾反射性地因熱度而顫抖，一邊低喃：

「好痛啊。」

然而，那張臉龐上卻浮現與話語完全相反的安穩表情。

她仰望天空，反芻自己方才說出口的事。

（余沒有任何遺言要留給誰。）

伊莉莎白如此斷言。的確，她沒有除此以外的答案。

她的親近之人都已經死了。雙親、領民，還有瑪麗安奴都是。

應該是這樣才對，但伊莉莎白仍是從唇間喃喃說出一個名字。

「——————櫂……人。」

他的話語在耳中甦醒。

像是戲言的荒唐約定。

『哎，像這樣被妳召喚，復活返回人世也是某種緣分啊………我就盡可能長伴妳身邊，直到妳踏上通往地獄的道路吧。』

「余向你道謝。」

火焰爆裂聲變強，伊莉莎白在其中如此低喃。

她灌注由衷心意，留下不會傳達給任何人的話語。

「直到臨死之前，余的確不孤獨喔。」

伊莉莎白．雷．法紐滿是血腥的生涯中，總是有一名愚鈍的隨從。

這種事也不壞嘛——她如此心想。

伊莉莎白緩緩閉上眼睛。

被她拯救的母女哭倒在地，老婆婆痛哭著蓋住臉龐。

「拷問姬」被天地與世間萬物捨棄，就這樣孤獨地死去，墜入地獄。
就在那之前。

——喀嚓——！

突然飛來利刃，將火焰連同乾柴一起驅散。
高亢聲響傳出，火刑台同時遭到破壞。伊莉莎白——用有如計算好的角度——被拋向處刑人待命的高台上。民眾發出混亂聲音，蒼藍花瓣與黑色羽毛豪華絢爛地在他們的頭頂飛舞四散。
現場展開一場雖然美麗，卻隱約煽動起不安情緒的光景。
在這種狀似馬戲團的騷亂之中，一名青年從空中現身。
他像是軍服的黑大衣翻飛，睥睨群眾。
青年左臂擁著身著女傭服的銀髮貌美機械人偶，而且偏偏還在右臂那邊率領「皇帝」。
民眾之中果然沒有人正確地認知異貌黑犬就是「皇帝」。然而，在本能性的嫌惡感與恐懼驅使下，他們發出叫聲。
看到這幅光景後，黑色青年凶惡地皺起臉。

他在左右兩旁率領異樣存在，高聲發出長笑。

「明明人類還有敵對者，居然打算殺掉自己的棋子，你們這群傢伙還真悠哉呢！」

「該……不會……」

伊莉莎白茫然低喃。在驚愕的她面前，青年高聲彈響手指。

——啪嘰！

乾燥聲響傳出，二十顆寶珠同時浮升至他的周圍。

青年將魔力流入那些寶珠後，民眾更加發出慘叫。

寶珠上方浮出哥多．德歐斯的身影。教會的最高司祭也很受到民眾信賴。這樣的他抬起滿是皺紋的臉龐，哀切地試圖表示些什麼。

在那瞬間，青年露出邪惡笑容，再次彈響手指。

——啪嘰！

喀嚓————————————————！

銳利聲音響起，封有最高司祭靈魂的石頭一起破碎。光輝碎片朝四周飛散。

突如其來的暴虐之舉讓人們慘叫。被惡魔襲擊的心靈創傷被狠狠挖開，他們開始受到害怕、憤怒以及憎惡所驅使。才一轉眼，民眾的眼神就變成了望向敵人的目光。

這樣就行了，青年深深地點頭。

民眾不曉得。

哥多．德歐斯事先告知青年，要他毀去自身複製品的理由。

民眾無法聽見。

哥多．德歐斯——比任何人都明白有必要處死伊莉莎白——仍是透過自身之死，痛切地感受到人類的脆弱性。

民眾不會耳聞。

為了毀去而被聚集於一處的水晶與青年，在這一幕前說了些什麼。

為了某個目的，在他們的同意下演出這場鬧劇。

那個目的，是什麼？

為了讓人類團結，最有效果的方式就是設定共同敵人，讓他們擁有排除對方的意志。而且有敵人存在的期間內，人類會需要雖然危險，威力卻很強大的利刃。

為了這個目的，青年——瀨名櫂人——高聲說道：

「屠盡十四惡魔就粗心大意，實在是滑天下之大稽，愚昧至極的行為。我……不，吾從今而後就會率領『皇帝』，成為你們的惡夢吧！先從那個女人開始！至今為止把別人當奴才使喚的惡魔敵對者！等吾親手確實地將礙事者『拷問姬』變成屍骸後就開始吧！」

「這、這是為何，瀨名櫂人！你應該是清廉之人才對啊！這是在想什麼！」

伊莎貝拉神態慌張地叫道。她似乎真心地感到驚慌，這也是因為她個性率直吧。看到伊莎貝拉的反應後，櫂人——就像對這場戲奏效而感到心安般——輕撫胸口。

「皇帝」用力踏他的腳，女傭溫柔地輕戳側腹。

櫂人慌張地彈響手指。

「——飛舞吧（La）！」

無數利刃襲向「拷問姬」。然而，處刑人卻瞬間做出判斷，推開伊莉莎白庇護她。擁有頑強身軀的他們，有如要成為牆壁擋住凶刃似的站到「拷問姬」面前。

而且，聖騎士也在伊莎貝拉的指示下行動了。為了不讓危害民眾之人逃脫，他們開始張開——萬一「拷問姬」逃亡時，預定要使用的——結界。

看著漸漸編織成形的白色聖光，櫂人點點頭。

「……果然，是這樣的話就打得破啊。跟預料的一樣。」

為了在聖騎士張開結界時也能逃脫，他——將伊莉莎白丟在山丘上回到廣場之際——推測了它的強度。藉由拷問「君主」，權人已貯備了用來打破結界的必要之力。

他彈響手指，蒼藍花瓣與黑色羽毛爆炸性地飛舞。

瞬間現場發出玻璃破裂聲，結界同時消失。

「喔喔？這個場面似乎很不利啊……好吧。再會了，諸位，後會有期！」

約定要再次相會後，權人露出扭曲笑容。「皇帝」用極像人類的聲音嘲笑無力的民眾，機械人偶也擁著權人的脖子嫣然微笑。

他們的主人彈響手指。

「皇帝」的契約者有如魔法般從現場消失。

人們恐懼、憤怒、狼狽不堪，愉快聲音有如要給予致命一擊般從他們上方灑落。

——下一次吾一定會將惡魔的災厄帶給人類啊！

「……………那……個！大笨蛋啊！」

在四周轟然響起的大騷動聲之中，伊莉莎白如此低聲罵道。她握緊拳頭，揍向高台。然而，誰也沒有看著她的身影。伊莉莎白被晾在一旁，令人不敢相信她差一點就身受火刑的事實。她獨自緊咬脣瓣。

伊莉莎白垂著臉，想起某句話。

他由衷告訴自己的話。

『我最喜歡那個人了。』

『只要是為了那個人，我什麼都當得了，什麼事都做得到。』

「…………………………………………………余不是說過，你無法背負嗎，櫂人？」

伊莉莎白喃喃低語，卻沒有聲音回答這句話。

蒼藍花瓣與黑色羽毛安慰般輕撫纖細的肩膀。

＊＊＊

由於發生意外，「拷問姬」的死刑被迫中斷。

聖騎士們急忙組織搜索隊追捕「皇帝」的契約者。然而即使全力追蹤，仍沒有發現他。

再者，由於新的惡魔對人類做出敵對宣言，教會進行某項協議，而且下達了正式決定。

然後，新指令傳到了「拷問姬」伊莉莎白・雷・法紐那邊。

內容就是誅殺第十五名惡魔的契約者——

瀨名權人。

後記

大家好，我是綾里惠史。

這就是剛出爐的第三集。

非常感謝各位購買《異世界拷問姬》第三集。關於《異世界拷問姬》系列小說，我跟編輯決定每一集都要毫無保留地深入故事內容，所以我覺得自己用馬不停蹄的方式展開了第一～三集的劇情。

我想已經閱讀本書的讀者應該曉得，故事會在第三集這邊告一個段落。不過，接下來故事會變得如何，我已經整合好提出大綱了。雖然故事會走到哪兒只有天知道，不過拷問姬與她召喚的少年未來會如何——能把這些故事徹底寫完的話，我認為是至高無上的幸福。

希望下一集也有幸與各位見面。

順帶一提，第三集我也寫了安利美特限定版的小冊子！那是在第二集前發生的故事，就算不閱讀對本篇故事也完全沒差，不過這次也是熱鬧滾滾的開心劇情，可以的話，希望各位也能看看櫂人他們的日常生活，這樣我會很高興（每次的大力宣傳風格）。就算只是看看鶲飼沙樹老師新繪的美麗封面，我也會很開心。女主角們有交換衣服穿喲！

那麼，後記篇幅也所剩不多，在這邊我打算按照慣例進入道謝專區。這次也畫出許多美麗插畫的鵜飼沙樹老師，真的非常感謝您。設計師、與本書出版相關的人士，以及給我許多建言的O責編，再次向各位致謝。也很謝謝重要的家人，尤其是指出故事開頭問題的姊姊。

還有，更重要的是要向各位讀者致上最大的感激。各位能像這樣閱讀本作，我深深感到幸福。我還是會竭盡全力下筆，希望各位期待續作。

那麼，期望下次也能與各位見面。

曾一度死去卻又復活的少年還會繼續戰鬥下去。

Kadokawa Light Novels

迷幻魔域Ecstas Online 1~2 待續

作者：久慈政宗　插畫：平つくね

平安夜的奇蹟——
能拯救眾人的「Santa-X」即將出現!?

堂巡正為了和同學的複雜關係而苦惱不已，此時哀川小姐卻帶來了好消息：只要等到聖誕節，VR遊戲「EXODIA　EXODUS」便會套用修正程式「Santa-X」，所有人都能得救！然而，獲得「誅殺魔王之劍」的任務，卻同時在2Ａ公會當中發生——？

各 **NT$220/HK$68**

台灣角川

Kadokawa Light Novels

©SATOSHI WAGAHARA 2017

勇者無犬子 1 待續

作者：和ヶ原聰司　插畫：029

我的老爸是異世界勇者!?
《打工吧！魔王大人》搭擋獻上平民派奇幻冒險！

這天，位於所澤的普通家庭劍崎家客廳瀰漫著一股緊張氣氛。謎樣金髮美少女蒂雅娜出現在家中說道：「我前來召喚勇者英雄．劍崎。」劍崎康雄本以為遊戲情節降臨在自己這平凡高中生身上，沒想到勇者是自己老爸！拯救異世界前家庭和平就面臨大危機？

台灣角川

NT$240/HK$75

瓦爾哈拉的晚餐 1~5（完）

作者：三鏡一敏　插畫：ファルまろ

正面挑戰詛咒命運——
「輕神話」奇幻作品迎來最高潮！

我是山豬賽伊！在上一集我的祕密終於揭曉。原來我是會對所見之物激發占有欲，並會殺害得手者的詛咒戒指……幸好目前詛咒還沒有發動的跡象。而且這種時候往壞處想也無濟於事！我的優點就只有精力充沛和死後復活而已！可不能在這時灰心喪志啊……！

各 **NT$180~220/HK$55~68**

國家圖書館出版品預行編目資料

異世界拷問姬 / 綾里惠史作 ; 梁恩嘉譯 -- 初版
-- 臺北市 : 臺灣角川, 2018.10-
冊 ;　公分
譯自 : 異世界拷問姬
ISBN 978-957-564-480-2(第3冊 : 平裝)

861.57　　107013887

Kadokawa
Fantastic
Novels

異世界拷問姬 3

（原著名：異世界拷問姬 3）

2018年10月22日　初版第1刷發行

作　者：綾里惠史
插　畫：鵜飼沙樹
譯　者：梁恩嘉

發 行 人：岩崎剛人
總 經 理：楊淑媄
資深總監：許嘉鴻
總 編 輯：蔡佩芬
編　　輯：孫千棻
美術設計：黃永漢
印　　務：李明修（主任）、黎宇凡、潘尚琪

發 行 所：台灣角川股份有限公司
地　　址：105台北市光復北路11巷44號5樓
電　　話：（02）2747-2433
傳　　真：（02）2747-2558
網　　址：http://www.kadokawa.com.tw
劃撥帳戶：台灣角川股份有限公司
劃撥帳號：19487412
法律顧問：有澤法律事務所
製　　版：巨茂科技印刷有限公司
I S B N：978-957-564-480-2
香港代理：香港角川有限公司
地　　址：香港新界葵涌興芳路223號
　　　　　新都會廣場第2座17樓 1701-02A室
電　　話：（852）3653-2888